憧れの作家は人間じゃありませんでした4

澤村御影

角川文庫
23629

目次

登場人物紹介
Introduction of characters

瀬名あさひ
Asahi Sena

編集者3年目。憧れの作家・御崎禅の担当をしている。
何事にも一生懸命で明るい性格。

御崎 禅
Zen Misaki

映画大好きなベストセラー作家。
その正体はなんと吸血鬼。
異捜の協力者として、人外事件に関わる。

林原夏樹
Natsuki Hayashibara

警視庁捜査一課・異質事件捜査係（通称：異捜）の刑事。
御崎禅のもとによく事件を持ち込んでくる。

九条高良 Takara Kujyo

吉祥寺でカフェを営む。その正体は狐。
御崎禅のことが大好きで、あさひとも仲良し。

シルヴィア Silvia

御崎禅を吸血鬼にした《母》。
訳あってアメリカから来日する。

アレックス Alex

シルヴィアの忠実な従者。

ルーナ Luna

御崎禅の使い魔。正体は猫。
ご主人様のことが大好き。

山路宗助 Sosuke Yamazi

異捜の刑事で夏樹の上司。

イラスト／スカイエマ

「ねえ、もう泣かないで。最後に覚えている顔が泣き顔だなんて悲しいもの。どうせなら笑って別れましょうよ。そして、いつの日にか、夢物語のような再会を果たしましょう。たとえどれだけ時が過ぎても、どれだけ互いの姿が変わっても、きっと私にはあなたが、あなたには私がわかるでしょう」

そんなことがあるだろうかと彼が呟《つぶや》くと、彼女は実に頼もしく笑って、こう言った。

「大丈夫。この世は思いのほか奇跡に満ちているものよ。だから——私のことを、覚えていてね」

——『輪舞曲《ロンド》』御崎禅《みさきぜん》

第一章　吸血鬼審問会──映画館で寝落ちしないために──

自由《じゆう》が丘《おか》駅の改札を抜け、瀬名《せな》あさひは腕時計に目をやった。

時刻は十九時五十分。御崎禅には、二十時頃伺いますと伝えてある。駅から御崎禅のマンションまではさほどかからない。のんびり歩いていったとしても、ちょうどいい時間に着けるだろう。

駅前のロータリーを横目に歩き出したあさひは、寒さに思わず身をすくめた。

今は二月初め、一年で最も寒い時季だ。電車の中が暖かかった分、余計に寒さがこたえる。あさひはマフラーを巻き直し、コートのポケットを探った。が、右側からは首尾よく手袋が発見されたものの、左側はからっぽだった。どうやらどこかに左の手袋だけ落としたらしい。いつも無造作にポケットに突っ込むせいで、よく落とすのだ。

仕方ない。あさひは両手をポケットに入れ、冷たい風に首を縮めたまま、少し足を早めた。周りの通行人達も、あさひと同じように背を丸めながら足早に歩いている。冬とは急ぎ足の季節だ。早く暖かい場所に避難したくて、誰しも先を急ぐ。

そのとき、少し前を歩いている学生二人連れの姿が、あさひの目に入った。グレーのニット帽をかぶった男の子と、白いマフラーを巻いた女の子。

「でさー、今のバイト先って別に悪くはないんだけど、店長がちょっと――」

やはり寒さに身をすくめながら、彼女の方はバイト先の店長の奇矯《ききよう》な振る舞いについて、大きな声で熱弁を振るっている。が、彼の方は気もそぞろな様子で、彼女の方をちらちらと窺《うかが》ってばかりいる。

やがて、偶然を装って、二人のコートの袖《そで》が触れ合った。彼の指先が、探るように彼女の指先に触れる。

そのまま握り込むようにして――彼が、彼女と手をつなぐ。

途端、彼女が驚いたように顔を上げて彼を見た。

ややぶっきらぼうに、「寒いから」と彼が言うのが聞こえる。だが、後ろから見てもわかるくらい耳が赤くなっているのは、決して寒さのせいだけではないはずだ。

彼女の横顔に、はにかんだ笑みが浮かぶ。恋人つなぎにした手は、少しぎこちない。おそらくまだ付き合って間もない二人なのだ。きっと初めて手をつないだのだろう。

――うわあ、いいなあと、あさひはドラマのワンシーンを見るような気持ちで思わず二人を見送った。

可愛い。若い。あさひとてまだ二十代半ばだが、それでも十代の若さというのは眩《まぶ》しいものがある。幸せになってほしいなあ、とあさひはほんわかした気分で思った。

そうだ、冬というのは恋人達の季節でもあるのだ。

駅近くのチョコレートショップの前を通り過ぎながら、あさひは己の認識を改めることにする。ハートマークがたくさん描かれたお店のショーウィンドーの中には、ナッツやフルーツをちりばめた華やかなチョコが並んでいた。寒い寒いとそればかり言っている自分の傍らで、世の中はクリスマスだバレンタインだとしっかり盛り上がっているのだ。街は輝くイルミネーションに飾られてなんだかキラキラしているし、恋人達は寒さを理由に寄り添ったり、手をつないだりすることができる。いけない、とあさひは首を振った。己の仕事柄、そういう感性を忘れてはならない気がする。……もっともあさひ自身は、ここしばらくそういったこととは縁がないのだが。

まあでも、それは別にいいのだ。

誰とつなぐこともない手をコートのポケットの中で軽く握り、あさひはそう思う。

だって――自分は、長年の恋を今まさに叶《かな》えているところなのだから。

あさひは、希央《きおう》社という出版社で働いている。

これから会いに行く御崎禅という作家は、あさひにとって長年の想い人だ。

いや――正確には、御崎禅の著作が、と言うべきなのだが。

初めて読んだ御崎禅作品は、彼の処女作の『輪舞曲』だ。そのときあさひは、まだ高校生だった。

あのときの興奮を、あさひは今でも忘れない。本を読むのは小さい頃から好きだったが、それまでの読書体験とは比べ物にならなかった。

ページをめくる度、心の奥の方から様々な想いが止めどなく湧き上がってくるのだ。切なくて苦しくて、今にも泣きそうになるのに、胸の中は何か温かいもので一杯に満たされて、不思議なほどに幸せな気分だった。この物語がどんな風に終わるのかは知りたいけれど、読み終わってしまうのがもったいなくて、わざとゆっくり目で文字を追った。いつまでも物語の中をたゆたっていたかった。

あのときあさひは、それまで小説の中に出てくる言葉として認識していた「愛《いと》おしい」という感情を、生まれて初めて己の心で知ったのだと思う。

そう、恋をしたのだ。

御崎禅が書いた物語に。

それからは、御崎禅の本が出る度に書店に走った。高校生の財布にはハードカバーの本は正直きつかったし、サイズ的にも自室の本棚を圧迫するので辛《つら》くはあったが、文庫化するまで待つなんてとてもできなかった。どの本もたまらなく好みに合った。

大学受験の時期には、買った新刊に『受かったら読んでよし』と封をして机の前に置き、身悶《みもだ》えしそうになりながら勉強に励んだ。

本当に大好きだったのだ。

ページを開く度、何度でも恋に落ちることができた。

あさひの恋心が、著者ではなく著作に向き続けたのには、理由がある。

御崎禅のプロフィールが、一切公表されていなかったからだ。

かなりの人気なのに、希央社以外の出版社では仕事をせず、インタビュー記事が出たことも一度もない。テレビにも出ないし、SNSもやっていない。御崎禅という作家は、顔も年齢も経歴も、それどころか性別さえ不明な、完全覆面作家だったのだ。

御崎禅が何者なのかについて、世間の人々はそれはもう想像を逞《たくま》しくした。

有名作家の誰それが名前を変えて書いているのだという噂は幾つもあったし、実は作家本人はすでに死んでいて、少しずつ遺作を発表しているのだという説もあった。

どれも憶測の域を出ない話だったし、希央社はありとあらゆる問い合わせに対して沈黙を守り続けた。

謎の作家、御崎禅。けれど世間の人々は、彼が何者かわからなくても彼の作品を愛し続けたし、あさひもその一人だった。

だから、就職活動の荒波を乗り越え、希央社への就職が決まったときには、天にも昇る気持ちだった。もしや御崎禅に会えるのではないかと思って。

しかし、希望通りに文芸編集部に配属されたものの、御崎禅に関する情報は、なんと編集部内でも厳重に伏せられていた。御崎禅に会えるのは、直接の担当である大橋《おおはし》編集長のみ。出版社主催のパーティーにも御崎禅は出てこなかった。

しかも、この頃にはもう御崎禅はほとんど新作を発表しなくなっていた。

せっかく希央社に入ったというのに、憧《あこが》れの作家の尊顔を拝むこともできず、それどころか新作もろくに読めないまま、二年が過ぎ去り――けれど、去年の六月。

事態は急転した。

ある日突然、あさひは御崎禅の担当に指名されたのだ。

そして、御崎禅をめぐる諸々《もろもろ》の事情を知る立場となった。

御崎禅は、別の作家の変名ではなく、勿論《もちろん》死んでもいなかった。

それどころか、人間ですらなかった。

彼の正体は、なんと吸血鬼だったのだ。人の血を啜《すす》り、老いることなく永遠に生きる人ならざるもの。

吸血鬼などという生き物が実在していて、しかも作家をしているなんて、まるで小説か映画の中のような話だと思う。が、これがまぎれもない事実なのだから、びっくりだ。しかも、他にも様々な人外の存在がその正体を隠して人間社会で暮らしており、彼らが起こす事件を解決するために、御崎禅は警察に協力しているというのだから、もはや現実も小説と変わらない。

——あれから、八ヶ月が過ぎた。

その間、本当に色々なことがあったが、あさひは今でも御崎禅の担当を続けている。

この仕事は、あさひの誇りだ。

ずっと恋い焦がれてきた御崎禅が書く物語が、生まれる現場にいるのだ。

そして、世の中の読者のもとへ、それを送り届ける役目を担っている。長年の御崎禅ファンとして、これ以上に栄誉ある仕事はないと思う。

……といっても、まずは御崎禅に原稿を書いてもらわないことには、何も始まらないのだけれども。

自由が丘の駅前を離れ、住宅街の中を少し進むと、やがて前方に六階建ての瀟洒《しょうしゃ》なマンションが見えてくる。

よし、とあさひは気合を入れる。

今日こそは、新作執筆に向けて何かしらの進展を見なければならない。

何しろあの作家先生ときたら、先日ついに書き上げた新作長編を「やっぱり気に入らなかったから」という理由で燃やしてしまったのだ。担当編集に何の断りもなく。

御崎禅の原稿は手書きだ。この世でただ一つの原稿を灰にされた編集者の悲嘆がどれほどのものか、あの作家先生にはわからないのだろうか。まさに鬼の所業である。

こうなったら、一刻も早く、別の物語を書いてもらわなければならない。

マンションのエントランスに設置されたインターホンで、あさひは603号室を呼び出した。

応答はないが、エレベーターにつながる扉が開く。エレベーターに乗り込み、あさひはもう一度強く両の拳《こぶし》を握って、気合入れをする。

大橋から御崎禅の担当を引き継いだ際、あさひには使命が与えられた。

何としても御崎禅に新作長編を書かせるようにという使命だ。

それは勿論会社の利益のためであるが、御崎禅自身のためでもある。

御崎禅は書かなければならないのだ。

彼が小説を書くのには、理由があるのだから。

六階フロアに着き、あらためて御崎禅の部屋のインターホンを鳴らすと、がちゃりと扉が開いた。

開けてくれたのは、金髪に青い目の美少女だ。豪奢《ごうしゃ》なフリルやレースで飾られた黒いワンピースを着た姿は、まるでお人形さんのようである。

「こんばんは、ルーナちゃん」

あさひが挨拶《あいさつ》すると、ルーナはつんとした態度で踵《きびす》を返し、足音も立てずに廊下を駆け戻っていった。人間にすれば十歳ほどの見た目の彼女は、しかし実はあさひよりもずっと長く生きているのだそうで、その正体は猫なのだという。

靴を脱ごうとしたあさひは、玄関のたたきにある靴を見て、あれ、と思った。

少々くたびれた感じの大きな男物の革靴は、林原夏樹《はやしばらなつき》のものだろう。御崎禅のもとによく捜査協力を求めてやってくる警視庁の刑事である。だが、今夜はその横に、もう一つ男物の靴があるのだ。夏樹の他に一体誰が来ているのだろう。これから打ち合わせだというのに。

少し考え、夏樹の上司である山路《やまじ》が来ている可能性に思い当たり、あさひははっとした。まさかまた厄介な事件でも起きたのだろうか。

慌てて靴を脱いで家に上がり込み、廊下の突き当たりにある扉を開ける。

「御崎先生！……って、な、ななな何事ですか⁉」

勢いよくリビングに踏み込んだあさひは、しかし直後にぐるりと後ろを向いた。

広々としたリビングの中央には、立派なソファセットが置かれている。今そこに、三人の男性が座っていた。

一人は勿論、御崎禅だ。明らかに西洋系の顔立ちの、実に見目麗しいひとである。栗色の髪に透き通るような白い肌、高い鼻梁《びりょう》、伏せた長い睫毛《まつげ》の下の瞳《ひとみ》は明るい鳶色《とびいろ》をしている。日本人ではありえない長さの脚を組んで座り、紅茶の入ったカップを優雅に持ち上げるその姿は、少女漫画の中から抜け出てきたのだろうかと思うくらい完《かん》壁《ぺき》だ。しかも、今日は珍しくスーツ姿だ。ブラックのスーツにブラックのシャツを合わせ、暗い赤色のネクタイを締めている。なぜそんな格好なのかは知らないが、とりあえず眼福すぎる。

もう一人は予想通り、夏樹である。目鼻立ちのはっきりとした、しかしかっこいいというよりは愛嬌《あいきょう》があるという言葉の方が似合う顔立ち。あさひが来たのに気づいて振り返った顔には、刑事とは思えないほど人懐こい笑みが浮かんでいるのだが——問題はその格好だ。なぜかスーツのジャケットを脱ぎ、ネクタイをはずしてシャツを完全にはだけている。警察官らしくよく鍛えた体が丸見えで、あさひとしては目のやり場に困る。

「あー、あさひちゃん、やっほー。上しか脱いでないんだから、そんな後ろ向かなくても大丈夫だよ?むしろ今なら見放題だよ?」

「いえっ、結構です! ていうか何で脱いでるんですか夏樹さん!」

後ろを向いたまま、あさひは夏樹にそう返す。

御崎禅が呆《あき》れた口調で言うのが聞こえた。

「夏樹。今の台詞《せりふ》はまるで露出狂のようですよ。夏樹にそんな見せたい願望があるとは知りませんでした」

「別に見せたい願望はないけど、見て減るもんでもないしさ。あと、問題なく怪我が治ったところはちょっと見てほしい」

「確かに、瀬名さんにはかなりの心配をかけましたからね」

そんな二人の会話に、あさひはそろそろと夏樹の方を振り返る。

ほら見て見てと夏樹が指差した腹には、引き攣《つ》れたような傷痕《きずあと》がある。

夏樹が腹を刺されたのは、先月のことだ。

六本木《ろっぽんぎ》で若い女性が惨殺されたことから始まった人狼《じんろう》事件の最中のことである。御崎禅を殺すためにアメリカからやってきた人狼が、夏樹をナイフで刺したのだ。

思い出すだけでも、まだちょっと血の気が引きそうになる。何しろあさひはその場にいたのだ。倒れた夏樹の腹から突き出たナイフの柄も、流れ出た血の嘘のような赤さも、今となっては映画の中のシーンのように現実味がないが、あのとき夏樹は危うく死ぬところだったのだ。

そんな夏樹が今ぴんぴんしているのは、その治療に人外の存在が関わったからだ。

「うん、大丈夫、完全に治ってるねえ。夏樹くん、もう服着ていいよ」

夏樹の隣に腰掛けていた三人目の人物が、そう言った。

黒々とした髪を後ろに撫《な》でつけ、縁の細い眼鏡をかけた男性である。三軒茶屋《さんげんぢゃや》で人外の存在専門の医院を営む、遊川清比古《ゆかわきよひこ》という医者だ。本人も勿論人間ではなく、その正体は年経た蛇の変化《へんげ》なのだそうだ。

清比古が作る薬は、日本の人外の存在に昔から伝わる秘薬だ。当然、何の認可も受けてはいないし、材料については聞いてはいけない感じなのだが、昔話レベルでよく効く。ものの半月ほどで夏樹の怪我が完治しているのは、ひとえに清比古のおかげである。

「遊川先生。今日はどうされたんですか？」

あさひが尋ねると、清比古は、眼鏡の下のやや吊《つ》り気味の目を笑みの形に細めた。

「夏樹くんと禅くんの怪我の経過を確認しに来たんだよ。二人とも、一度診せにおいでって言ったのに、一向に来てくれないもんだから。夏樹くんの方は結構傷痕が残っちゃってるけど、まあ人間だから仕方ないよねえ。禅くんの方は、痕も残らず綺麗《きれい》に治ってよかったよかった」

「ええ、おかげさまで」

清比古の言葉に、御崎禅がうなずいてみせる。

人狼を捕らえた際、御崎禅もまた瀕死《ひんし》の重傷を負ったのだ。吸血鬼であるがゆえに傷の回復は早かったのだが、もうあんなハリウッドのアクション映画のような出来事は勘弁してほしいと、あさひは心の底から思う。御崎禅はアメコミヒーローではないのだ。作家が人狼と殴り合いなんてしないでほしい。

と、清比古があさひの方に向き直り、

「瀬名さんの首の傷はどう？　痕残った？　ついでに診ようか？」

「あ、いえ、わたしはもうとっくに完治してます！　もう痕も残ってないです」

「そう。それは何よりだ」

笑顔でうなずいた清比古の後ろで、御崎禅もまたほっとした顔をしたようだった。もしかしてまだ気にしてたのかな、とあさひは思う。

あさひの首の怪我は、御崎禅に噛《か》まれたことによって負ったものだ。

だが、あれは仕方のないことだったのだ。人狼と戦った際、御崎禅は血を失いすぎた。そして吸血鬼にとって、回復のために何よりも必要なのは人の生き血なのだ。

清比古が言う。

「ところで瀬名さん、メンタル方面は大丈夫？」

「え、メンタルですか？」

「うん。僕はそっちは専門じゃないんだけど、一応ね。吸血行為による影響だけじゃなく、あのとき瀬名さんは、刺された夏樹くんとか、臓物出そうな禅くんとか、そういうショッキングなものを見過ぎたと思うからね。フラッシュバックとかはない？　食欲はどう？　夜はちゃんと眠れてる？　もし眠れないとかだったら、いいお薬があるよー。ぱたっと眠りに落ちて、そのまま何の夢も見ずに死んだように眠れる薬！」

「いえ、大丈夫です、眠れてるので薬は結構です。……あ、でも」

言いかけて、あさひは途中で口を閉じた。

途端に、御崎禅が訝《いぶか》しげな視線を向けてくる。

「瀬名さん、何かあったんですか？」

「ああ、いえ、何も！　毎晩きちんと寝てますので、ご心配なく」

あさひはそう言ってごまかした。

本当に、たいしたことではないのだ。

ただ近頃——なんだか、夢を見るというだけで。

起きたときにはもう忘れているのだが、どうも自分は夢の中で泣いているようなのだ。頬や枕が濡《ぬ》れていることが多くて、起きる度にびっくりしている。

これまでそんなことは一度もなかったから、清比古の言う通り、あの人狼事件の影響なのだとは思う。もしかしたら自分は、目の前で御崎禅や夏樹が死んでしまう悪夢でも見ているのかもしれない。しかし、それにしては目覚め自体はすっきりしているのだ。食欲もあるし、心身ともに何の問題もない。

だから、とりあえず気にしないことにして、寝る前はなるべく楽しい映画を観るようにしている。昨夜はひさしぶりに『宇宙人ポール』を観た。SFオタクのグレアムとクライヴの二人が、エリア51の政府施設から逃げ出してきた宇宙人のポールと一緒にドタバタな珍道中を繰り広げるコメディ映画だ。ちょっと下ネタが多いが、名作S

F映画へのオマージュやパロディがたくさん入っていて、何度観ても面白い。……それでもやっぱり、起きたら頬には涙の跡が残っていたのだけれど。

「……瀬名さん。もし何かあるのでしたら、今なら清比古がいますので相談を」

「いえっ、わたしはとても健康ですので、お気になさらず！『宇宙人ポール』楽しかったですし！」

「……なぜ急にその映画のタイトルが出るのかがさっぱりわかりませんが、まあ、『宇宙人ポール』を楽しめる精神状態なのでしたら問題はなさそうですね」

まだ不審そうにしつつも、御崎禅がうなずいてくれる。御崎禅はかなりの映画好きだ。おかげでこういうとき、とても話が早くて良い。タイトルを出しただけで、どんな映画なのかわかってもらえる。

「それよりも御崎先生、今日はどうしてスーツを着ていらっしゃるんですか？　とてもお似合いですけど……」

あさひはようやく、この部屋に入ってきたときからの疑問を御崎禅にぶつけた。

御崎禅の普段の服装は、ゆったりしたシャツの上にカーディガンやセーターを合わせたようなものが多い。スーツを着ているところなど初めて見た。一般人ではあまり似合いそうもない黒尽《ず》くめのスーツ姿も、モデルのような顔と体型の御崎禅が着ると、よく決まっている。このまま映画に出せてしまう。

御崎禅は己の姿を見下ろし、ああというようにうなずいて、

「今日はこれからちょっと改まった場に行かなければならないもので、このような格好です」

「『えっ？』」

「『えっ？』とは？」

「いえあの、御崎先生、今日は新作の執筆に向けての打ち合わせをするはずで……」

「──あ」

「『あ』じゃないですぅぅ……！」

どうやら忘れられていたらしい。数日前に電話で約束を取り付けたはずなのだが。

夏樹が苦笑しながら言った。

「ごめん、あさひちゃん。ちょっと急に決まったんだよね──、これ。あさひちゃんとの打ち合わせが入ってるなんて知らなかったし」

「やっぱり異捜がらみの用事なんですね⁉　困ります、何かというと御崎先生を引っ張り出すのはやめていただけませんか！」

あさひは思わず夏樹を睨《にら》んでしまう。前任の担当もほとほと困っていたのだ、しょっちゅう警察が御崎禅を捜査に引っ張り出すせいで執筆が滞ると。

「もう絶対に先生を危険な目になんて遭わせませんからね！　人狼が暴れようとキン

グコングがスカイツリーに上ろうと、そんなの知ったことじゃないです！　先生はこれから長編の執筆に取り掛かるんです！　御崎先生を現場に出すのでしたら、まずわたしを倒してからにしてください！」

「いや、さすがにキングコングは出てないけど。ていうか、あさひちゃんを倒すって、物理的にはすっごく簡単だけど、精神的には絶対無理じゃん……」

夏樹が困った顔で御崎禅を見る。

御崎禅が言った。

「瀬名さん、落ち着いてください。今日は別に何を退治しに行くわけでもないですよ」

「じゃあ、何なんですか？」

「審問会《しんもんかい》です」

「審問会……？　オブザーバー的な感じですか？」

「いえ、僕が審問を受けます」

「御崎先生が⁉　どうして」

「どうしてと言われましても――僕はこの前、瀬名さんの血を飲んだでしょう」

御崎禅はそう言って、また紅茶を一口飲む。いや、そんなのんびりと紅茶を飲んでいる場合なのだろうか。審問会、という言葉の響きには不穏さしかないのだが。

「前に言いませんでしたか？　人間社会で生きる以上、我々人外の存在は、定められたルールに従わなければなりません。『人間を傷つけてはならない』というのは、そのルールの一つなんです」

「でもあれは、やむをえないことだったじゃないですか！」

「ええ、それはそうなんですが、しかしもう一つ、ルールというか――異捜で僕が働くにあたっての取り決めがありまして」

「何ですか？」

「『御崎禅がやむをえず吸血する際、その対象は異捜に所属する者とする』というものです。……山路さんの血を飲むくらいでしたら、僕は自ら死を選びますので、現在のところ、その対象は夏樹のみということになりますね」

それは、異捜の仕事の危険性を考慮したうえでの取り決めなのだそうだ。

命の危険にさらされた吸血鬼は、本能に支配され、どうしようもなく生き血を求める。だからその際は、異捜の刑事が血を提供するのだ。実際、あさひは前に夏樹が御崎禅に血を吸わせるところを見たことがある。実に馬鹿馬鹿しい話だと思うのだが、その際は事後でもいいので申請書が必要なのだそうだ。

「つまり僕は、『人を傷つけるな』、『異捜の人間以外の血を吸うな』という二つのルールを破ったことになるんですよ」

「でも、あのとき夏樹さんは大怪我して病院にいたわけですし、それこそどうしようもなかったじゃないですか」

「しかし、その旨ばっちり報告書に書いて提出した人がいまして」

「……夏樹さん……っ」

「ち、違うよあさひちゃん！　俺じゃないよ、係長だってば！」

ゆらりと夏樹を振り返ったあさひに、夏樹が全力で首を横に振る。数日間入院していた夏樹に代わって、人狼《じんろう》事件の報告書は山路がまとめたらしい。

夏樹が慌てた口調で言う。

「まあ、ほら、事情が事情なわけだから、審問会っていっても形だけのものだと思うし！　だからあさひちゃんも、そんな心配しないで大丈夫だってば。それじゃ、俺達そろそろ出かけるから、あさひちゃんはまた別の日に御崎と打ち合わせを——あさひちゃん？」

ソファから立ち上がった御崎禅の左腕にひしとしがみついたあさひを見て、夏樹がぎょっとした顔をする。

御崎禅があさひを見下ろし、言った。

「……これまでも何度か同じようなことがありましたが、まさか今回も同行するつもりですか？」

「わたしが、審問会で証言します！」

御崎禅を見上げ、あさひはそう宣言する。

「あのとき御崎先生に血を吸われたのはわたしです！　というか、あれはわたしが強要したんです！　嫌がる御崎先生に、わたしが無理矢理吸わせたんです！」

「その言い方はなんだかニュアンス的にとても嫌ですが、確かにその通りですね」

「ですから！　わたしがそう証言して、御崎先生の無実を証明します！」

「そう言われましても、異捜でもない人間が審問会に出られるわけもないでしょう」

「そんな……っ」

あさひはまた夏樹を見る。夏樹もさすがに渋い顔をしている。

そこへ救いの手を差し伸べたのは、清比古だった。

「──いいんじゃない？　瀬名さんも連れていけば」

「でも、遊川先生……」

夏樹が何か言いかける。

が、清比古は帰り支度をしながら、

「もう瀬名さんはだいぶ関係者じゃない？　人外の存在の知り合いやら友達やらもいるわけだし。いいよいいよ、連れてっちゃいなよ」

「……遊川先生がそう言うんなら、まあ……でも、係長には怒られそうだなー……」

夏樹が顔をしかめつつ言う。

あさひは決して放すまいという気持ちで、さらに御崎禅の腕にしがみついた。審問会だか何だか知らないが、執筆を妨げるありとあらゆるものから御崎禅を守らなくてはならないのだ。御崎禅の新作をあさひが読める未来は、その先にあるのだから。

と、ぷっと御崎禅が小さく吹き出すようにして笑った。

「な、何ですかっ？　先生」

「……いえ、本当に瀬名さんは編集者の鑑《かがみ》だなと思いまして」

どうやら思考を読まれたらしい。人外の存在は、どうもある程度は人の考えていることがわかるようなのだ。

煙水晶のような透き通った瞳《ひとみ》にまだ笑いを含んだまま、御崎禅はあさひを見下ろして言った。

「それでは、新作を期待されている作家として、せいぜい担当編集に守っていただきましょうか。——一緒に来てください、瀬名あさひさん」

審問会へは清比古も同行するのだそうで、留守番のルーナだけを部屋に残し、四人でマンションの地下にある駐車場へと移動した。

夏樹の車に乗り込む。御崎禅は助手席に座り、清比古とあさひが後部座席だった。

「じゃあ、悪いけど、あさひちゃんはこれ着けて」

運転席に座った夏樹が、アイマスクを差し出してきた。

「審問会が行われるのって、本庁じゃないんだよ。あんまり場所を公にするわけにもいかないから、念のため目隠しさせて。ちょっと時間かかるから、寝てていいよ」

「あ、はい、わかりました……」

なんだか映画みたいだなと思いつつ、あさひは言われるままに目隠しをした。

車が走り出すのがわかる。一体どこへ向かうのだろうか。夏樹は寝ていていいと言ったが、視界をふさがれているせいもあってか、あさひはだんだん緊張してきた。

そもそも吸血鬼に対する審問会というのは、どのように行われるものなのだろう。

あさひの頭に浮かぶのは、ハリー・ポッターの映画のワンシーンだ。確か『不死鳥の騎士団』だっただろうか、普通の人間の前で魔法を使ってしまったハリーが魔法省で尋問されるのだ。まるで裁判所のような部屋で、ずらり並んだ魔法使い達に見下ろされ、心細げな顔で椅子に座るハリー。御崎禅も、あんな感じで椅子に座らされるのだろうか。ならばあさひは、あのとき被告側証人として登場したダンブルドア校長のように出て行けばいいのか。……自分で言い出しておいて何だが、それはあまりに大役すぎないだろうか。想像しただけで心臓が悲鳴を上げる。

緊張に耐えかね、あさひは口を開いた。

「あの、訊《き》いてもいいですか？」

「どうぞ」

御崎禅がそう返すのが聞こえる。

あさひは尋ねた。

「御崎先生を審問するのは、誰なんですか？　人間なのか、人間以外の方々なのか」

「今日の審問会は、人外の存在が行います」

御崎禅が言った。

「人外の存在にもお偉方と呼ばれるような者達がいます。彼らが目指しているのは、あくまで人間との共存です。異捜は、人と人ならざるものとの間に立つために、ある程度の権力を双方から与えられていますからね。その手先である吸血鬼の行いに問題がなかったかどうか、彼らは確認する必要があるんです。でないと、この国で管理されながら暮らしている人外の存在達に対して、示しがつかなくなるでしょう？」

「示しって……」

「要するに、異捜の犬でさえ人を傷つけたら責められるんだから、お前達も人を害することなく生きろよ、という話です」

やや自虐的な口調で、御崎禅はそう言った。

御崎禅が異捜にいいように使われていることについては、あさひは今一つ納得できないままだ。

御崎禅はもともとこの国に住んでいたひとではない。大正の頃に、アメリカから渡ってきたのだと聞いている。その際、御崎禅が身を寄せたのが、当時の警察組織の中でもかなり上の方にいた人物の屋敷だったのだそうだ。かなり世話になったようで、その縁で、御崎禅は今でも警察に協力しているのだというが——それにしても、もう少し扱いを良くしてもらってもいいんじゃないだろうかとあさひは思う。御崎禅はよく自らのことを『異捜の犬』呼ばわりするが、実際、警察犬と変わらないような使い方をされることも多いし、もっとひどいときもあるのだ。

車はしばらく走り続け、あさひがすっかり時間の感覚をなくした頃に、ようやく目的地に着いた。

体感では二時間くらいかかったように思えたのだが、目隠しを外していいと言われて時計を確認してみると、四十分ほどしか経っていなくて驚いた。窓越しに外に目を向けてみる。どこかの地下駐車場のようだ。がらんとしていて、あまり車は停まっていない。

車を降り、建物の入口に向かうと、そこに男が一人立っていた。

まるで葬式帰りのような黒いスーツ姿の、ひょろりとした体型の男だ。年を取っているようにも見えるし、まだ若いようにも思える、年齢のわかりづらい顔。白髪交じりの髪は丁寧に整えられている。——異捜の係長である山路宗助《そうすけ》だ。

山路はこちらを見ると、にっこりとその顔に笑みを浮かべた。

「御崎先生、遊川先生、こんばんは。いい夜ですね」

「そうですね、あなたさえいなければ」

御崎禅がさらりと毒を吐く。清比古はあまり興味のない様子で、向こうを向いてあくびをしていた。

次に山路は、あさひに目を向けた。張りつけたような笑みを浮かべた顔の中で、目だけが笑っていない。

「おやおや、瀬名さん。あなたまで、なぜここに？」

「……今夜は御崎先生と打ち合わせの予定だったんです」

あさひは山路をぐいと睨《にら》みつけ、言った。

「それなのに、お宅に伺ったら、御崎先生が理不尽な理由で審問会とやらにかけられるとのことでしたので、あのとき血を吸われた本人として、御崎先生に非がなかったことを証言しに来ました」

「それはそれは。わざわざご足労いただきありがとうございます。――では皆さん、こちらへどうぞ」

てっきり責められるのかと思ったのだが、山路はあっさりとうなずいて、一同をエレベーターの方へと案内した。

あさひは少し拍子抜けした気分で、黒スーツの背中を見やる。夏樹も驚いた様子で、

「え、あの、係長、あさひちゃんの参加はOKなんですか？」

「自分で連れてきておいて何を言ってるんですかね、林原くん。まあ、せっかくなので、瀬名さんにはせいぜい役に立ってもらおうじゃないですか」

山路がそう言って、開いたエレベーターの中に一同を招き入れる。階数ボタンは地下三階から地上十六階まであった。そこそこ大きな建物らしい。

御崎禅が、嫌そうな顔で山路を見た。

「……山路さん。瀬名さんが来ることを予測していましたね？」

「何を仰《おつしや》いますか。さすがの私も、希央社との打ち合わせの日時までは把握していませんよ。でもまあ、なんとなく、こうなるんじゃないかという気はしていましたかねえ。何しろ瀬名さんは、とても熱心な編集者でいらっしゃるので」

褒めているのか嫌味なのかさっぱりわからない口調で、山路が言う。

エレベーターは十階で停まり、まるでどこかのオフィスビルのような廊下に出た。

山路の案内で廊下を進むと、突き当たりに大きな両開きの扉がある。

山路がその扉をノックし、失礼しますと声をかけて開けた。

途端、床の上をころころとこちらに向かって何かが転がってくるのが見える。

鞠《まり》だった。赤地に花柄の、何ともレトロで可愛らしいものだ。

それを追って、小さな子供がこっちに駆けてくる。クリーム色のブラウスに赤いスカート。おかっぱ頭の、小学校低学年くらいに見える女の子である。

あさひはその顔を見て、えっと声を上げそうになった。

知っている顔だったのだ。

小夜《さよ》さんだ。希央社の社屋に憑《つ》いている、座敷童《ざしきわらし》である。

「いらっしゃい」

黒目がちな目でこちらを見上げ、小夜さんが言う。

部屋の中には、奇妙な景色が広がっていた。

大きな、とても立派な会議室である。重厚感のある壁や豪華な照明などは、まるでドラマでよく見る大企業の重役会議が行われる部屋のようだ。が、なぜか机や椅子は全て壁際に邪魔そうに押しやられ、部屋の中央には緋毛氈《ひもうせん》が敷かれている。奥のスクリーンには、プロジェクターが梅園の映像を投影していた。ホーホケキョ、とどこかでウグイスが鳴く。スピーカーから音声を流しているらしい。

緋毛氈の上には、三人の人物がいた。

いずれもぶ厚い座布団の上に座っている。たぶん三人とも人外の存在なのだとは思うが、こうして見る限りは、全員人間にしか見えなかった。

一人は小柄な老人だ。背中を丸めるようにして茶碗《ちゃわん》を持ち、こちらを見ながらにこにしている。頭髪はほぼなく、高い鷲鼻《わしばな》が目立っていた。皺《しわ》に埋もれた細い目は目《め》尻《じり》が極端に垂れており、やはり垂れた頬の肉と相まって、まるで誰かが下から顔を引っ張っているかのようである。毛玉の目立つセーターと皺の寄ったズボンという格好には少しの威厳もなく、ただの優しそうなお爺《じい》ちゃんにしか見えない。

その右隣にいるのは、どう見ても花柳界の人としか思えない和服の美女だ。淡い水色の地に梅の柄が入った着物を粋《いき》に着こなし、黒々とした髪を上品にまとめている。切れ長の目やぽってりした赤い唇には、円熟した色気が漂っていた。彼女は少し前にかがむようにして、熱心に手を動かしている。折り紙を折っているようだ。

老人の左隣にいるのは、お坊さんのようだった。見た感じの年齢は四十代から五十代くらいだろうか。坊主頭で僧服を身にまとい、胡坐《あぐら》をかいて座っている。ぎょろりと目玉が大きく、唇もぶ厚く、体はまるで岩のようにがっしりとしていた。

緋毛氈の上には、茶托《ちゃたく》に載った茶碗や茶菓子の皿の他に、お手玉や双六《すごろく》やおはじきが散らばっていた。スクリーンに映っているのは桜ではなく梅だが、なんだかお花見でもしているみたいだ。本当にここが審問会の会場なのだろうか、とあさひは首をかしげたくなった。鞠を抱えた小夜さんが、軽い足取りで彼らのもとに戻り、お坊さんの膝《ひざ》の上に座る。ホーホケキョ、とまたウグイスの鳴き声が響く。

老人が口を開いた。

「おや、禅。やっと来たかい。遅かったのう、退屈なので遊んでおったよ」

御崎禅が丁寧に頭を下げて言う。

「お待たせしたのでしたら申し訳ありませんでした、御前《ごぜん》。しかし、約束の時間にはまだ随分と余裕があるはずですが」

「おや、姫。そうだったかのう？」

御前と呼ばれた老人が、傍らに座る美女に呼びかける。

姫と呼ばれた美女は、蝶《ちょう》の形に折り上げた折り紙を満足げに手のひらに載せ、

「あれ、言ってなかったかねえ。あたしらもひさびさに会うことだし、早めの時間に集合をかけたんだよ。だって、その方がお小夜と長く遊べるからねえ」

姫がふうっと手の上の蝶に息を吹きかけ、はたはたと扇子であおぐと、ただの折り紙のはずのそれは命を得たかのようにふわりと舞い上がり、小夜さんの方へと飛んで行った。小夜さんがにこりと笑って、それを己の手に載せる。

御前はにこにこしながらお茶を飲み、

「そうかい、どうりで双六が二周もできたわけだ。お前さんは知ってたのかい、入道」

「知らなかった。だが、双六は楽しかったから、後でもう一周しよう」

入道と呼ばれたお坊さんが、小夜さんの頭をなでながら言う。低くとどろく雷のような声だが、小夜さんを見下ろす顔は優しい表情を浮かべていた。

御前。姫。入道。どうやらこの三人が、人外の存在のお偉方らしい。どんな恐ろしい大妖怪《だいようかい》なのかと思っていたが、なんだか皆とても穏やかそうで、あさひはほっとした。それぞれ正体は一体何なのだろう。そして、彼らに小夜さんがやたらと可愛がられているのはなぜなのだろう。

と、あさひのその疑問を読み取ったのか、御前がほっほっほと笑って言った。

「わしらの正体なんざ、別に何でもよかろうよ。たとえばその辺の下駄が百年経って化けたとしたって、お前さんよりずっと長くこの世の中を見てるってことだからね。お前さんみたいなちっぽけな人間とはだいぶ違っているということだけ、よーくよーく覚えておけばよろしい」

「はっ、はいっ、失礼いたしました！」

あさひは慌てて頭を下げる。人外の存在は、すぐに人の考えていることを読み取るから困る。

と、小夜さんが口を開いた。

「じいじ。あさひは私の会社の子。いじめないでほしい」

「おやおや、そうだったかい。それはすまなかったねえ」

途端に御前は垂れた目尻をさらに下げて、小夜さんに謝った。あさひはこの場におけるパワーバランスがつかめなくて、少し戸惑う。もしや小夜さんが一番偉かったりするのだろうか。

そのあさひの考えをまた読み取って、姫がほほほと笑った。

「お小夜は昔っから、あたしらのアイドルみたいなもんなんだよ。あたしら皆、お小夜のことが可愛くって可愛くって仕方ないのさ。けど、お小夜だって、これで立派なもんなんだよう？　一時期この子が国会議事堂に棲《す》んでた頃は、この国も羽振りが良かったもんさね」

え、とあさひは思わず小夜さんを見る。

小夜さんは入道の膝の上で、ふん、と小さな胸を張ってみせた。一体何がどうして国会議事堂から希央社の社屋に引っ越してしまったのだろうか。いや、小夜さんがいるおかげで、希央社は出版不況の折でも儲《もう》かっているのだが。

「——さて、無駄話はここまでだ。禅の話を聞こうじゃないか」

おいで、と御前が御崎禅を手招きした。

御崎禅が緋毛氈に近寄り、靴を脱いで上がる。

そこ、と姫が三人の前を扇子で指し示し、御崎禅は大人しく彼らの前に正座した。

座布団の有り無しが、この場の立場の違いを物語っているようだった。

背筋をのばして端然と座る御崎禅をつくづくと眺め、姫がほうと小さく息を吐く。

「ああ、いつ見ても姿の良い男だねえ。あたしゃ惚《ほ》れ惚《ぼ》れしちまうよ。禅、今度一緒に花見でもどうだい？」

「誘っていただけるのでしたら、喜んで。……今日は花見の予行演習ですか？」

御崎禅がスクリーンの方に目を向けた。紅梅と白梅の映像が交互に流れている。ホーホケキョ、とまたウグイスが鳴く。

「せっかく集まるのだから、花見くらいしたかったんだけどね。あいにく、桜どころかまだ梅も咲いてないものだから、せめてと思って映してみたんだ。でも、やっぱり風情がなくって駄目だ」

姫がそう言って、手元のリモコンを操作した。

スクリーンの映像がぷつっと消え、ウグイスの鳴き声も途絶える。しん、と部屋の中が静まり返り、お花見モードなのは緋毛氈の上の眺めだけとなった。

あさひの横で、夏樹が少し緊張したように背筋を正した。

それを見て、あさひも気づく。――審問会が、本格的に始まったのだ。

「それで、どういう状況だったのかのう。説明してくれんか」

御前が山路の方に目を向けた。

「報告書は出してもらったが、あんなの文字が小さくてろくに読めやせんわ。もう少し、年寄りの目に優しい形で書いてもらいたいものだ」

「失礼いたしました。それでは次からは、報告書は文字サイズを二十ポイントくらいにして出しましょう」

　山路が言う。

「手書きがいいんだがのう……機械の文字はどうにも味気ない」

「それはどうかご勘弁を。事務処理に時間がかかると、仕事の効率が落ちますので」

「そうかい」

　御前が残念そうな声を出す。

　その横から、姫が尋ねた。

「それで？　異捜の刑事は、禅が怪我をしたとき、近くにいなかったのかい？」

「はい。林原は、御崎先生が戦うより前にすでに負傷していたため、血を提供できる状況ではありませんでした」

「申し訳ありません。俺が不甲斐《ふがい》なかったばかりに」

　夏樹が頭を下げる。

　姫は、今度は清比古の方を見た。

「清比古。禅の怪我は、お前が診たんだろう。そんな命を脅かすほどのものだったのかい？」

「そうですねえ、ひどいもんでしたね」

　清比古が答える。どうやら清比古は、御崎禅の怪我の程度を説明するために同行したようだ。

「僕が診たのは、ここにいる瀬名さんの血を吸った後だったので、すでに回復は始まってましたけどね。肝臓に傷ついた痕《あと》があったので、相当出血したはずです。人間ならとっくに死んでたと思いますよ。他に、左鎖骨と右の肋骨《ろっこつ》二本の骨折、右腕の粉砕骨折、打撲と裂傷が合わせて二十八箇所。カルテ見ます？　一応持ってきましたが」

清比古がそう言って、鞄《かばん》から書類を取り出そうとする。

姫はいらないと首を振り、御前と顔を見合わせた。

「そんなら、仕方なかったんじゃないかねえ。本当に死にかけたんなら、そりゃあ血を吸わないことには駄目だったろうよ」

「ああ、そうだのう。禅だって、死にたくはなかったろう」

姫の言葉に、御前がうなずく。

あさひはそれを聞いて、心底安堵《あんど》した。審問会というからどんな緊張感にあふれた場なのかと思っていたのだが、やはり夏樹の言う通り、形式的なものだったらしい。

これなら、自分の出る幕などなさそうだ。

だが、そのときだった。

「それでは、罰を決めるとしよう」

入道がいきなりそんなことを言い出したのだ。

　すると、たった今仕方ないと納得したはずの姫と御前までもが、

「そうだねえ。この吸血鬼をどうしてくれようか」

「そうだのう。何の罰にしようかのう」

　そう言って、思案顔をし始める。ちょっと待てとあさひは思う。

　思った言葉はそのまま口から出てしまい、

「――ちょ、ちょっと待ってください！」

　あさひちゃん、と夏樹が慌てたように耳元で囁《ささや》いた。が、あさひは言葉を止められなかった。

「どうして御崎先生が罰を受けなくてはいけないんですか⁉　今、仕方なかったっていう話をしたところじゃないですか！」

　緋毛氈《ひもうせん》の上にいる者達が、そろってこちらを見る。あさひは一瞬怯《ひる》みそうになる。

「……瀬名さん」

　御崎禅が、たしなめるようにあさひの名を呼んだ。

　だが、ここで引き下がるわけにはいかないのだ。あさひは再び口を開き、言い募《つの》る。

「お願いです。どうかお考え直しください。御崎先生が罰を受けなければならないなんて、そんなのは絶対におかしい――」

「――ええい、黙らぬか！」

突然、激しい声が響いた。

それはただの音のはずなのに、物理的な圧力をもってあさひに襲いかかった。目に見えぬ何かに殴られたかのように、がん、とあさひの頭が揺れる。あやうく倒れかけたあさひを、夏樹が慌てて腕に抱え込んだ。

「誰にものを言うておる！　小娘が我らに意見するなど千年早いわ！」

姫が肩を怒らせ、膝《ひざ》をついてこちらを睨《にら》んでいた。眦《まなじり》が裂けたように切れ上がり、美しかったはずのその顔は恐ろしい形相になっている。ああこの女性の正体は鬼なのかもしれないなと、あさひは思う。般若《はんにゃ》の面にそっくりだ。

――しかし、こちらも譲れないのだ。怖くなんかない。

あさひは夏樹の腕の中から身を起こした。脚に力を入れ、姫を睨む。

日本の人外の存在のお偉方だというのなら、お前達は御崎禅が人狼《じんろう》と戦っていたときに何をしていたのかと思う。あのとき何の助けも差しのべなかったくせに、戦いの末に死にかけた御崎禅がちょっと血を飲んだくらいでなんだというのだ。

それに、あのときの御崎禅に非は一つもないのだ。

「わたしは異捜の刑事ではありませんが、御崎先生をお守りする立場にあります。そのわたしが、自分の判断で御崎先生に血を飲んでもらったんです。いいえ、吸うように強制しました！　あの場合の加害者は、むしろわたしです！」

「何だと⁉」

「ええ、御崎先生は被害者です。あのとき御崎先生は、最後まで血を吸うことを拒否していました。泣くほど嫌だったというのに、わたしに無理矢理吸わされたんです！　それなのに罰を負わせるなんて、いくらなんでも可哀想すぎませんか！」

あさひちゃんストップ、と言いながら、夏樹がまたあさひを腕の中に抱え込もうとする。が、あさひはじたばたと暴れてそれを振り払う。

理不尽に対して理不尽だと言うことの何が悪いのだ。そうしなければ、御崎禅がひどい目に遭うかもしれないのに。

そのとき姫の横で、ふはっと御前が息が抜けたような笑いを漏らした。鬼の形相のまま、姫が御前の方を向く。しかし御前の笑いは止まらなかった。膝を叩《たた》いて笑いながら、御前が言う。

「ふはっ、ふは、ふはは、そうかいそうかい、禅は被害者かい……それはまた、斬新な意見だのう」

「瀬名さん……」

見れば、御崎禅は呆《あき》れた顔を片手で覆っている。小夜さんは入道の膝の上で、両手で口元を押さえて笑いをこらえていた。入道はぎょろぎょろと面白そうに目を動かしている。

御前が御崎禅を見て言った。

「禅。お前さん、泣いたのかい」

「……いえ、あの……なんというか……多少……」

御崎禅が片手で顔を覆ったまま、小さな声で言う。少し顔が赤くなっている。御前がまた膝を叩いて、ますます大笑いする。

それを見た姫が、毒気を抜かれたような顔で座り直した。切れ上がっていた眦がすうっと元に戻り、ややばつが悪そうに扇子でぱたぱたと己の顔をあおぐ。

御前はひとしきり笑うと、目尻《めじり》に浮かんだ涙を指で拭《ぬぐ》い、あらためてあさひを見た。

「お嬢ちゃん。その根性に免じて、お前さんの無礼はなかったことにするがね。——しかし、禅には罰を受けてもらうよ」

「そんな、どうして！」

「そういう約束をしたからだ」

皺《しわ》に埋もれた目が、ひたりとあさひを見据える。いつの間にかその目から白目が消えていることに気づいて、あさひはびくりとした。

ほとんど睫毛《まつげ》の生えていない瞼《まぶた》はまるで皮膚にできた深い亀裂《きれつ》のようで、その奥にみっしりと詰まった真っ黒なものは、とても眼球とは思えない。ずぶりと指を挿し込んだらそのままどこまでも呑《の》み込まれてしまいそうな、どうしようもなく深々とした闇が渦巻いているように見える。ふいにあさひは、御前の目を見つめ続けるのがわけもなく怖くなった。慌ててうつむき、顔ごと視線をそらす。それでもまだ、背筋にぞくぞくとした寒気のようなものを感じる。

そんなあさひに向かって、御前は言った。

「空約束をするのが癖になっている人間達と違って、わしらにとっての約束というのは、とてもとても大切なものだ。身と魂を縛る契約なのだよ。わしらは一度約束を交わせば、百年でも二百年でもそれを守り続ける。たとえ約束を交わした相手が死んでもだ。――禅は、『人を傷つけない』とわしらと約束した。『異捜の人間以外の血は吸わない』と約束した。約束違反には罰が下る。そういう理《ことわり》で、わしらは生きておる」

まるで言い聞かせるかのような優しい口調だったが、その底には、決して覆せない強い意志があった。

あさひは、助けを求めるように小夜さんの方を見た。

が、小夜さんも、こればかりはどうしようもないのか、小さく首を横に振った。御崎禅も、小夜さんと同じようにあさひに向かって、これ以上は、と首を振る。

御前が立ち上がった。

左右に控える姫と入道に、順番に顔を向ける。

二人は御前に対し、ただうなずきだけを返した。

御前もまた二人に対してうなずくと、すっと右腕を持ち上げた。

前に坐《ざ》す御崎禅を指差し、宣言する。

「御崎禅という名の吸血鬼に対し、我らはここに罰を言い渡す。――しばしの間、その能力を封ずる。人を傷つけた罰は、人の身と変わらぬ状態になった不自由さをもって受けるがよい」

「――まあ、処分としては穏便に済んだんじゃないですか。よかったですねえ、御崎先生」

会議室を出て廊下を歩き出しながら、山路が言った。

御崎禅が、山路の方を見ぬまま答える。

「そうですね。まあ、順当なものでしょう」

あさひはその後ろを歩きながら、まだ納得がいかない気分で、少し視線を下げた。

スーツの袖口《そでぐち》からちらと見える御崎禅の右手首には、白い腕輪が嵌《は》まっている。

先程の審問会でつけられた呪具《じゅぐ》だ。

白磁のようになめらかなそれは、入道の懐から出てきたときには確かに継ぎ目があったはずなのに、今はもうどこが継ぎ目なのか全くわからない。

この腕輪を嵌めている間は、御崎禅の吸血鬼としての能力は全て封じられてしまうのだという。

「……やっぱり理不尽です」

ぼそりとあさひが呟《つぶや》くと、御崎禅が困ったような顔をこちらに向けた。

「このくらいで済んでよかったんですよ、もっとひどい処分が下る可能性だってあったんです。どこかに体ごと封印されるとかね」

「封印されるなら、わたしがされるべきです」

「そういう問題ではないんですよ」

御崎禅がますます困った顔をする。

あさひはその顔を見ながら、ではどうすれば良かったのだろうかと今更ながらに考えて、途方に暮れる。

そもそもこんなことになったのは、あさひが御崎禅に血を飲ませたのが原因なのだ。だが、あのとき血を飲まなかったら、御崎禅はやはり死んでいた気もする。自分は一体どうするべきだったのだろう。山路が来るまで待てばよかったのだろうか。

と、御崎禅が足を止め、じろりと山路を睨《にら》んだ。

「……山路さん。結局あなたは、瀬名さんをどこまでもいいように使ったわけですね」

「おやおや、何のことですか？」

数歩御崎禅を追い抜かしたところで足を止めて振り返り、山路が笑う。

御崎禅は心底嫌そうな声で、

「そもそも僕は人狼事件の際、あなたに瀬名さんの保護をお願いしたはずです。それなのに、あなたは瀬名さんが僕のところに来るように仕向けたでしょう。僕に何かあったら、瀬名さんが僕に血を与えるだろうと見込んで」

「さて、何のことやら」

山路は濡《ぬ》れ衣《ぎぬ》だとばかりに首を振る。

静かな怒りを声に込めながら、御崎禅が続けた。

「今日のこともそうです。立場的には、あなたは瀬名さんが審問会に出ることを止めることもできたはずです。しかし、そうしなかったのは——どうせ瀬名さんのことだから、審問会の場に置いておけば、あんな風に騒ぎ出すだろうと思ったからでしょう？　そして、御前はきっとそんな瀬名さんを気に入るだろうと、あなたは最初からそう計算していたんでしょう」

「あー、御前は特に人間贔屓《びいき》だからね。僕もそうだけど」

清比古が肩をすくめて呟く。

山路はなんだかにやにやしながら、あさひの方を見ている。その笑い方は、いつもの仮面のような笑みに比べると、少しばかり人間らしい。

あさひはどういうことかと思って、御崎禅と山路を見比べた。

説明してくれたのは、夏樹だった。

「あのね、あさひちゃん。あそこにいた御前も姫も入道も、基本的にはすごーく人間贔屓なんだよ。まあ、だから人間との共存を考えてくれてるんだけどさ。で、そういう御前からしてみれば、人間であるあさひちゃんが吸血鬼の御崎をあんな風にかばったことは、ものすごく微笑ましく見えたんだと思う」

「ほ、微笑ましかったですか……？」

どこが、という気分で、あさひは己の言動を振り返る。今にして思えば、自分は確かにかなり無礼なことを言っていたし、考えていたのだ。人間の考えを読み取るのが得意な彼らからしてみれば、あさひの思考など筒抜けだったに違いない。よく八つ裂きにされなかったものだと思う。

「そうだねえ、人間でもわかるように言うと、赤ん坊が両手振り回してきゃーきゃー言いながら大人を守ろうとしてたようなものだから。まあ、可愛いよね」

清比古がひどい喩《たと》えをする。手は振り回してないです、とあさひは真っ赤になって言う。

御崎禅がため息を吐いて、あさひを見た。

「でも、瀬名さんの言動が軽率だったのは確かです。もう少し気をつけてください。そもそも人の理が通用する相手ではないんですよ。……頭は大丈夫でしたか？」

そう言って、手を上げてあさひの頭に触れる。さっき、姫の声に叩《たた》かれたことを言っているのだろう。

しかし、御崎禅に頭をなでてもらうなど畏《おそ》れ多くてたまらない。あさひは慌てて身を引き、

「わたしは大丈夫ですけど、御崎先生こそ、それは大丈夫なんですか？」

御崎禅の手首に嵌められた腕輪に目を向ける。

ああ、というように御崎禅は右手を持ち上げ、

「別に、痛いとか痺《しび》れるとかいうことはありません。多少重い感じはしますけどね」

それはよかったとあさひは思う。嵌められたのが右手だったのも幸いだった。御崎禅の利き手は左手だ。右であれば、執筆時の支障にはならない。

「……今、何を考えましたか？　瀬名さん」

「い、いいえっ、痛くなくてよかったなと！」

「やっぱり瀬名さんのことは、今後も『編集者の鑑《かがみ》』と呼ぶことにしましょう。悪意を込めて」

「悪意を込めるのはやめてください……」

冷たく言い捨ててまた歩き出した御崎禅の後ろをついていきながら、あさひは身を縮める。吸血鬼としての能力は封じられていても、人が考えていることは読めるよう

だ。単にあさひの思考が読みやすいだけかもしれないが。

と、夏樹が言った。

「でも、係長。御崎の能力が封じられてる間は、異捜への協力はどうするんです？無理じゃないですか。しばしの間っていうのも、いつまでかわからないし……」

「それについては、一時的に別の協力者を雇うしかないですね」

山路がそう答えた。

エレベーターホールに着き、山路がボタンを押す。さっき乗ってきたのと同じエレベーターの扉が開いた。どうやらそのまま停まっていたらしい。もしやこのビルには今、自分達しかいないのだろうか。

「とりあえず私が戻って、御前達と相談してきますよ。誰か戦闘型の妖怪《ようかい》を紹介してもらいましょう。——しかし、一番使い勝手がいいのは、やはり御崎先生ですからねえ。できるだけ行いを正しくして、早いとこ罰を解いてもらってくださいよ」

エレベーターに乗り込んだ御崎禅に向かって、山路がそう声を投げた。

御崎禅は顔をしかめて、

「言われなくても、僕はいつでも清く正しく生きていますよ。この腕輪をつけている間は異捜の仕事から解放されるのかと思うと、いっそ晴れ晴れとした気分です。何しろあなたの顔を見なくて済みますから」

「おやおや、私は御崎先生の顔をしばらく見られないのかと思うと、寂しくてたまりませんが。――では先生、せいぜい謹慎期間をお楽しみください」

わざとらしく一礼して、山路がボタンから手を離した。

山路一人を外に残して扉が閉まり、エレベーターは地下に向かって動き出す。

「他の協力者かー……誰が来るのかなー、いいひとだといいなー……」

夏樹が天井を見上げてぼやく。夏樹はしばらくの間、御崎禅ではなくそちらの協力者と行動を共にすることになるのだろう。

というか、御崎禅以外にも協力者になってくれる人外の存在がいるとは知らなかった。普段からそっちにも仕事を回してもらえれば、御崎禅の負担も軽くなるのではないだろうか。

が、そう尋ねてみたら、夏樹は渋い顔をした。

「あー、それはまあ、そうなんだけどねー……前に御崎が怪我したときにも、回復するまで一時的に別の人外の存在を雇ったことがあるし。だけど」

「だけど？」

「ぶっちゃけ、金がかかる」

夏樹が言う。

「え、お金の問題ですか？」

「いや、だって結構高いんだよ⁉　ちょっと言えないような金額を時間単位で請求されて、経理処理やばかったもん！　ほら、うちってそもそも本庁内でも公にされてない係なもんだから、もーごまかすの大変で。結局、係長がどっか持っていって処理してもらって……って、それはあんまり言っちゃいけないことなんだけど」

「そ、そういうもんなんですね……あれ、じゃあ御崎先生の報酬は？」

「御崎はあんまし金かかんないよ。血液パックの支給だけだから」

「それはどうやって経理処理してるんですか？」

「内緒」

「そうですか。……ていうか、御崎先生にももっと報酬あげてくださいよ！　こんなに時間も身も犠牲にして頑張ってるんですから！」

「だって御崎がそれでいいって言うんだもん」

「……そうなんですか？」

　夏樹の言葉に、あさひは御崎禅を見る。

「僕はお金には不自由していないもので。今は印税も入ってますし」

　あっさりした口調で御崎禅が言った。

　確かに御崎禅はお金持ちだ。あのマンションは丸ごと御崎禅の所有だというし、これまで生きてきた中でそれなりの財産を築いてきたひとなのかもしれない。

「禅くんは、昔から無欲だからなあ。僕は、お金はあればあっただけいいと思うんだけどねえ」

清比古が笑って言う。

そう言う清比古にしても、あさひが清比古の病院で治療を受けた際、たいした治療費はとらなかった。……人間贔屓というのは本当なのだと思う。

あさひが知る人外の存在達は、時として、人間より余程優しい。

エレベーターが地下に着き、車に戻ると、あさひはまた目隠しを渡された。

「遊川先生とあさひちゃんは、家の近くまで送るよ。あさひちゃんも、今日はもう打ち合わせもしないでしょ？」

「はい、さすがに時間も時間なので……送っていただけるのでしたら、助かります」

目隠しをしながら、あさひはそう答える。

今度こそ寝てていいよと夏樹に言われ、目を閉じていたら本当に眠ってしまったようだった。あさひちゃん、と声をかけられて、目隠しをはずしたときには、もうあさひの家の最寄り駅の近くだった。審問会で気を張っていて疲れたのかもしれない。

あさひは少し慌てて、目の下に手をやった。大丈夫だ。涙は出ていない。ついでに涎《よだれ》を垂らしていなかったかもチェックする。……たぶんセーフだ。そう思いたい。

「じゃあね、あさひちゃん。またねー」

「あ、はい、どうもありがとうございました、夏樹さん！――それでは、わたしはお先に失礼いたします。御崎先生も遊川先生も夏樹さんも、お疲れ様でした！」

そう言って車を降りたあさひに、おやすみ、と夏樹と清比古が窓越しに手を振ってくれた。おやすみなさい、とあさひは彼らに向かって頭を下げ、歩き出す。

と、そのときだった。

「――瀬名さん」

後ろから声をかけられて、あさひはどきりとして振り返った。

御崎禅が、車から降りてこちらを見ていた。

「ど、どうしたんですか、御崎先生？　あ、わたしったら、何か忘れものでも⁉」

「いえ、違いますよ」

あさひの方に歩み寄りながら、御崎禅が言う。

「ちょっと、言い忘れたことがあったのを思い出しまして」

「え？　何ですか？」

「……ありがとうございました」

御崎禅が唐突にそう言って、小さくあさひに頭を下げる。

あさひはぎょっとして、

「み、御崎先生⁉　やめてくださいっ、何ですか、どうしたんですか一体！」

「……相手が言った礼を、そこまで拒否しなくてもいいと思うのですが」

「拒否じゃなくて、お礼を言われる筋合いがないです！」

「何を言ってるんです。あなたは僕の命の恩人ですよ」

「え……」

「瀬名さんが血をくれなければ、僕は今ここにはいませんので」

あさひを見つめ、真面目な顔で御崎禅が言う。

「もっと早くに伝えておくべきことでした。礼を欠いて、すみません」

「御崎先生……」

あさひは口を開きかけ、しかし一度閉じて、御崎禅を見つめた。

そして、ああそうか、と気づいた。

御崎禅は、たぶん──見抜いていたのだろう。

彼が罰を受けることになったのは自分が血を与えたせいだと、あさひがそう思っていたことを。

だから、少しでもあさひの気持ちを軽くするために、わざわざ言いに来てくれた。

……このひとは優しい。

本当に、優しいひとなのだ。

あさひは辺りを少し見回した。夜遅くなってきたとはいえ、駅が近いからか、まだ人通りはある。そうやって歩いていく人の中には、あさひが気づいていないだけで、実は人ならざるもの達が交じっているのかもしれない。御崎禅の担当になってから知ったことだ。人外の存在達は、意外とたくさん人の世で暮らしている。

彼らが人の世で暮らすためには、様々なルールを守らなければならないのだろう。

あさひは言った。

「……わたし、知りませんでした。この国の人間と人間じゃないひと達の共存が成り立っているのは、色々な約束が交わされて、人間じゃないひと達がルールを守ってくれてるからだったんですね」

「別にそんなにすごいことではありませんよ。人が法律を守っているのと同じです。それに、人外の存在全てが、ルールに従っているわけではありません。——瀬名さん、これは覚えておいてほしいのですが、今日の審問会にいたのは、あくまで人間との共存を目指しているもの達だけです。つまり、御前達が決めたルールや取り交わした約束は、彼らと同じ考えのもの達にしか通用しないということです」

御崎禅が低い声で言った。

「この国の人外の存在には、様々なもの達がいます。中には、異捜どころか御前達でさえ手が出せないような、独自の領域で生きているもの達もいる。……彼らからすれば、僕達がやっていることなんて、おままごとにしか見えないかもしれません」

「……ルールを破ったら処罰されるなら、おままごとじゃないですよ」

あさひは御崎禅の右手首に目をやり、呟《つぶや》くように言う。

御崎禅の顔を、苦い笑みがちらとかすめる。

その顔を見上げながら、あさひは尋ねた。

「でも、どうして、御崎先生や遊川先生や御前達は——そうまでして、人間と共存しようとしてくれるんですか？」

それは、とても純粋な疑問だった。

わざわざルールを作り、己の正体を隠し、人のふりをして生活することは、彼らにとって不自由ではないのだろうか。きっと様々な努力や忍耐が必要だろうに、なぜ、どうして彼らは、人の近くで生きるのだろう。

「それは、僕達が人と共に生きることを選んだからです」

御崎禅が答える。

「理由は様々でしょうけどね。その方が便利だから、人の暮らしが愉快だから、というものも多いはずです。単に人が好きだからというものもいるでしょう。僕のように、もともと人だった人外の存在からすれば、人の暮らしを捨てたくないというのもあります。たとえ多少の不自由を感じようとも、僕達は人の生活に、文化に、そして人そのものに、寄り添ったままでいたいんですよ」

「……そういうものですか」

「ええ。――というわけで、瀬名さん。映画を観に行きませんか？」

唐突にそう誘われ、あさひは反射的にはいと答えそうになってしまった。

が、一瞬後に脳味噌《のうみそ》が事態を理解して、ちょっと待てと叫んだ。己の耳が信じられない。今、自分は何を聞いたのか。

「……み、みみみ御崎先生、今何と……？」

「ですから、映画を観に行きませんかと」

「どうしたんですか急に！」

聞き間違いではなかったらしい。いやでも、これまであさひから映画に誘ったことはあっても、御崎禅から誘われたことはなかったはずだ。そんなことがあっていいのだろうか。高校時代の自分が知ったら、きっと卒倒するはずだ。

動揺するあさひを前に、しかし御崎禅はなぜそんなに驚くのかという顔をする。

「どうしたんですかって、瀬名さんが言っていたことじゃありませんか。銀座《ぎんざ》の映画館でオードリー・ヘプバーン特集をやるから、僕を誘おうと思っていたって。あれ、そろそろ始まりますよ。それなのに一向に誘ってくれないので、どうしたのかと思っていたんです」

「あ……あ、あああああ、言いました、言いましたね、わたし！」

そういえば、死にかけた御崎禅に向かって、確かにそんなことを言った覚えがある。というか、あの状況下で覚えている御崎禅もすごい。

しかしそれなら、そもそも誘ったのはあさひの方だ。だったら、何の問題もない。

……いや、問題とかそういう話でもない気はするけれども。

自分が一体何を気にしているのかよくわからないまま、あさひは御崎禅に向かって勢いよく言った。

「お誘いしていいのでしたら、ぜひ！　ぜひ一緒に行きましょう、御崎先生！」

はい、と御崎禅が微笑みながらうなずく。

御崎禅にしては珍しく、とても素直な——そして少しだけはにかんだような、笑みだった。

それを見た途端、あさひはなぜだか急に胸が苦しくなるのを感じた。

正体のよくわからない何かが一瞬で込み上げてきて、胸の中を一杯にする。あ、と思ったときには涙がこぼれそうになっていて、あさひは慌ててまばたきした。

「瀬名さん？……どうしたんですか」

「い……いえっ、何でも、何でもありません」

あさひは首を横に振り、なんとか頬を上げて、ぎこちない笑みを作った。

御崎禅は少し心配そうにあさひを見下ろしている。あさひは本当に何でもないのだという顔をしながら、また口を開いた。

「では、映画の件については、また後日ご連絡しますね。とても楽しみです。――それでは、失礼いたします」

御崎禅に向かって頭を下げ、くるりと向きを変えて歩き出す。

背中にまだ御崎禅の視線を感じる。けれど、振り返ることもできずに、あさひは歩き続ける。

胸の中でふくらんだ何かは今もそこにあった。甘やかなその苦しさは、あさひにとって覚えのあるものだった。

初めて『輪舞曲』を読んだときに感じたものと同じだ。

どうしたんだろう。なぜ急に思い出したんだろう。今このタイミングで、どうして。

考えてもわからなかったけれど――とりあえず、帰ったら寝る前に少しだけ『輪舞曲』を読み返そうと、あさひは思った。そうしたら、この甘く苦しく、けれど不思議なほどに幸せな気持ちで満たされたまま、眠りに落ちることができるような気がした。

それでも、きっと明日《あした》の朝目覚めたときには、また泣いているのだろうけれど。

件《くだん》のヘプバーン特集は、銀座のミニシアターで数日間、夜の回のみで特別上映されるものだった。

あさひもたまに行く映画館だ。銀座のメイン通りから少し奥まったところにあり、建物や設備は少々古いけれど、落ち着いた雰囲気があって居心地が良い。

上映作品は日によって違うため、あさひは映画館のサイトから上映スケジュールを入手し、どれを観るか御崎禅と話し合った。ラインナップされている映画は、二人とも観たことがあるものばかりだったが、好きな映画を映画館で観るというのは格別なのだ。

『マイ・フェア・レディ』もいい。ヘプバーンの最大のヒット作と言われているミュージカル映画だ。言語学を専門とするヒギンズ教授が、下町生まれでコックニー訛《なま》りの花売り娘イライザを淑女に仕立て上げようとする物語。初めは賭《か》けに勝つためにイライザをかまっていた教授は、やがて彼女に恋をし始めるのだ。歌も衣装も素晴らしいが、あさひはこの映画の美術も大好きだ。特にヒギンズ教授の家の中が、どこをとっても本当に素敵で、そこで歌い踊る役者達を観ているととてもワクワクする。実はほとんどの歌はヘプバーン自身の声ではなく吹替だと知ったときには少しショックだったが、それで映画の良さが損なわれるわけではない。

しかし、『麗しのサブリナ』や『ティファニーで朝食を』も捨てがたい。『シャレード』や『パリの恋人』もいい。どのヘプバーンも本当に愛らしく、毅然《きぜん》とした美しさに満ちている。彼女を観ると、くっきりとした眉《まゆ》と大きな目にいつも魅了される。

けれど、最終的にあさひと御崎禅の間で意見が一致したのは、やはり『ローマの休日』だった。ヘプバーンの名を世に知らしめた映画だ。

王族としての暮らしにうんざりしたアン王女が、訪問先のローマで大使館から逃げ出し、新聞記者のジョーと出会う物語である。彼女は髪を切り、スペイン階段でジェラートを食べ、煙草を吸い、ローマの街を見物して、それまでやってみたかった楽しいことを全てするのだ。そして勿論《もちろん》、恋もする。コミカルで、ロマンティックで、でもラストは切なくて、あさひはヘプバーンの映画の中ではこれが一番好きだ。御崎禅に至っては、一九五三年の公開時に劇場で観て以来のヘプバーンファンだという。

映画の上映開始時刻は十八時四十五分。いつもの御崎禅なら、起床してそんなに経っていない時間だと思うが、それでかまわないと言われた。冬場で日没時刻が早いのが幸いだった。吸血鬼である御崎禅は、日中は外を歩けない。

そんなわけで、御崎禅と約束した当日、あさひは超特急で仕事を片付けると、銀座に向かった。

御崎禅とは、十八時半に映画館の前で待ち合わせということになっている。

これまでにも、御崎禅と映画を観たことは何度かあった。作家と編集者が共通の趣味のもとに映画や舞台を観に行くことは、そう珍しいことではない。作家にとってはそうした精神的刺激は全て創作のための糧となるし、編集者だって感性を磨いておくことは大切だ。共通の話題を作ることは、円滑なコミュニケーションのためにも良い。

そう、だから——仕事の一環なのだ、これは。

駅を出て歩き出しながら、あさひは自分に向かって、そう慎重に言い聞かせた。

バレンタインを目前に控えた銀座の街は、冬とは恋人達の季節とばかりに盛り上がっているけれども。……あさひの鞄《かばん》の中には昨日デパートの催事場で買ったチョコレートが入っているけれども、これは勿論担当作家に対する義理チョコだ。

それに、これまで御崎禅と映画を観に行ったときには、毎回ルーナや夏樹といったオプション付きだった。今日もどうせそうなるに違いないのだ。だからチョコレートは、二人の分も抜かりなく持ってきている。全くもって、何の問題もない。

——そう思っていたのに。

「み……御崎先生⁉」

早めに着くつもりで映画館に行ったあさひは、そこにすでに御崎禅が立っているのを見て面食らった。

しかも御崎禅は、一人だった。黒いロングコートをまとい、片脚に体重をかけるようにして緩く佇《たたず》むその姿は、相変わらずそのままポスターにできそうなほどに美しい。

「お、お待たせして申し訳ありません！」

慌てて駆け寄ったあさひを振り返り、御崎禅はふわりと笑った。吐き出した息が白く流れる。こんな寒い中で御崎禅を待たせてしまったかと、あさひは焦る。

「別に待ってはいませんよ。僕も今来たところです」

「あの、御崎先生……今日は、お一人ですか？　夏樹さんやルーナちゃんは……？」

もしやどこかに隠れていたりはしないかと、あさひは用心深く辺りを見回した。が、どこを見ても二人の姿はない。

御崎禅が言う。

「今日は月子《つきこ》ちゃんとお泊り会をするので、ルーナは家にいますよ。夏樹は仕事です。何か二人に用事でも？」

「あ、いえ、チョコレートを渡そうと思ってただけです」

「チョコレート？」

「もうすぐバレンタインですので」

「ああ、でしたら僕が預かりますよ。どうせ夏樹は、僕のマンションに住んでいるんです。後で渡しておきましょう」

「そうですか、ありがとうございます。では、後程お預けしますね」

言いながら、あさひはちらと時計を確認した。上映開始まではまだ二十五分ある。まだ開場はしていないかもしれない。どうしよう。ロビーで待つか、それともその辺のコーヒーショップにでも入るべきか。

と、御崎禅がまた口を開いた。

「ところで瀬名さん」

「はい？」

「……それは、僕の分もあるんですよね？」

「えっ？」

思わず御崎禅を見上げたら、思いきり目が合ってしまった。

一瞬びくりとしたあさひにつられたように、御崎禅もかすかにぴくっと顎《あご》を引く。

それから御崎禅は、ふいと視線を他所《よそ》に向け、

「勿論、夏樹やルーナの分があるのに僕の分がないとは思っていませんが。瀬名さんは僕の担当編集なので」

「え、あっ、はい、あります、勿論です！……というか、御崎先生の分が一番ゴージャスなので、できれば夏樹さんの前では開けないでほしいです……」

「そうですか。それはぜひ夏樹の前で、見せびらかしながら食べないといけませんね」

「いや、さすがにそれはどうかと……」

盛大に拗《す》ねる夏樹の姿が目に浮かぶ。あさひごときのチョコに大した価値はないとは思うが、この二人はたまに変なところで張り合うのだ。

そのとき、ふと視線を感じた気がした。

見ると、通り過ぎていく人々が、なぜか皆こちらに目を向けていた。特に女性達の視線がすごい。そこまで首を曲げなくてもいいのではというくらい、思いっきりこちらを振り返っている人もいる。一体どうしたのだろう。

そこであさひは、はっと気づいた。

御崎禅は、普段の外出時には己の気配を極力薄くしている。普通の人間に存在を気づかれないようにするためだそうで、人ならざるもの達がよく使う手だという。だから、人通りの多い場所にいても、周囲の人間が御崎禅に注目することはない。

だが、今の御崎禅は、吸血鬼としての能力を封じられているのだ。

「御崎先生……もしかして今、周りの人から普通に見える状態だったりします？」

「ええ、そうですね。今の僕は、普通の人間と変わらないので」

さらりと御崎禅が言う。どうりで注目されるわけだ。こんな超絶美形がその辺に立っていたら、誰だって振り返る。

そこでまた別の懸念があさひの中に浮かんだ。

「そういえば御崎先生、誘っておいてなんですが、こんな風に出歩いて危なくないんですか？　今の先生は……その、戦ったりとかできない状態なんですよね」

自身も人外の存在でありながら、異捜に協力している御崎禅の立場は、他の人外の存在の間ではかなり微妙なのだと聞いたことがある。

何しろ、人外の存在が人を害した場合、御崎禅はそれを捕まえる側に回るのだ。彼のことをよく思っていないものだっているだろう。吸血鬼という種族はとても強いので、普段は手出しできないだろうが——今ならば。

「そうですね。今がチャンスだとばかりに、襲ってくる輩《やから》がいるかもしれませんね」

「——やっぱり帰りましょう、今すぐ！」

「冗談です」

思わず御崎禅の腕をぐいと引っ張って駅の方に向かおうとしたあさひに、びくとも動かずその場に立ったままで御崎禅が言った。

「そんなに心配しなくても大丈夫ですよ。今の僕は、普段とは逆に、人外の存在に対する目くらましの術をかけているような状態なので」

「え？」

「言ったでしょう？　今の僕は、普通の人間と変わらないんです。——気配もね」

御崎禅が、向かいの店のショーウィンドーに目を向ける。吸血鬼は鏡に映らない、というのはフィクションの中だけの話で、鏡張りになったそこには御崎禅の姿が普通に映っている。とてつもない美形だということを除けば、その姿は、隣に立つあさひや周りの通行人達とさして変わらない。

「人外の存在は、目よりも気配で相手を捉《とら》えることの方が多いんですよ。今の僕は、人外の存在からすれば、周りの人間の気配に紛れてしまって、僕だと認識することすら難しいでしょうね」

それはつまり、木を隠すなら森、というようなことだろうか。こんなに見てくれのいい木はそうそうないと思うが、この際、外見についてはあまり問題ではないということらしい。

「勿論、もともと僕の顔をよく知っているのであれば、気づくこともあるかもしれませんが――僕は人外の存在が集まる場所には基本行かないので、あまり顔も知られていません。作家としても顔出ししていませんし、僕の顔を知っているのは、友人知人に限られます」

付き合いの悪さが幸いしました、と御崎禅は肩をすくめてみせる。そういうものなのか、とあさひは思う。

「……え、でも、それなら、以前先生が捕まえたことのある人外の方々とかは」

「それは当然、僕の顔を知っていますし、恨みにも思っているかもしれませんが」

「や、やっぱり帰った方がいいのでは……!?」

「そういう連中は、異捜を敵に回す怖さを知っているので、余程のことがない限り、僕に手出しはしてきませんよ。謹慎中とはいえ、僕が異捜に飼われていることに変わりはありませんからね。――それに、この映画館は安全です。ここは、昔からの友人の縄張りですから」

「え？」

「さあ、無用な心配はその辺にして、もう行きましょう？　そろそろ開場ですよ」

御崎禅はそう言って笑い、さっさと映画館の中へ入っていってしまった。

慌ててその後を追いながら、あれ、とあさひは思う。なんだか少しいつもと感じが違う気がする。

なんだか——御崎禅が、はしゃいでいるような気がするのだ。珍しいことに。

ロビーに入ると、劇場の扉を今まさに係員が大きく開け放ったのが見えた。ちょうど開場時刻のようだ。ロビーで開場を待っていた人達が立ち上がり、劇場の中へと入っていく。客層は、やはり年配の人の方が多いようだ。

あさひはオンラインで予約しておいたチケットを発券し、御崎禅の分とあわせて係員に渡した。もぎられた半券が戻ってくる。あさひはそれを、大事に財布の中にしまう。何しろ御崎禅と二人っきりで観た映画の半券なのだ。記念に取っておきたかった。いや、むしろ家宝として扱いたい。

御崎禅と並んで座席に座る。やっぱりなんだかデートみたいだなと思いそうになる自分の心を必死にねじ伏せ、あさひは口を開いた。

「先生は、『ローマの休日』のどこが好きですか？　推しポイント、聞きたいです」

「推しポイントですか」

御崎禅が一瞬口をつぐむ。思考を巡らせている気配に、あさひはくすりと笑う。御崎禅も十分映画オタクと言っていいひとだ。そしてオタクは語りたがりなものである。

「そうですね、ヘプバーンの瑞々《みずみず》しい愛らしさやラブコメディとしての出来の良さは勿論ですが、テーマがしっかりしているところが僕はとても好きですよ」

「テーマというと……アン王女の成長？」

「ええ。冒頭ではまだ少女だった王女は、二十四時間後には大人の女性になっている。あの変化は見事です。そして、その過程に単に恋を入れるだけではなく、その恋の喪失までを描いている。ジョーが言う『ままならないのが人生さ』という台詞《せりふ》がとてもいいですよね。そして、それを言われた瞬間の彼女の、はっとしたような表情がいい」

冒頭の王女は、ドレスのスカートの下でヒールを脱いで足先でもう片方の足首をさすったりするし、寝る前にはミルクを飲むような子だ。そして、好奇心のままに滞在先の館《やかた》から逃げ出し、自由を楽しむ。ジョーと共に追手から逃れて川に飛び込んだ彼女は、岸に上がった後、ずぶ濡《ぬ》れのままジョーと口づけを交わすのだ。おそらくは、初めての『恋人とのキス』というものを。

その後に、それ以上のことをしたという直接的な描写はない。だが、シーンが切り替わり、ジョーの部屋に戻ると、彼女はジョーのガウンを着ている。濡れた服を着替えただけと考えることもできるが、二人が関係を持ったと解釈もできる、上品な描き方だ。そして、このときの彼女は、もうすっかり大人の顔をしているのだ。

「わたしは、そのシーンで、王女が料理をしたがるのが好きです」

あさひは言った。

ジョーのガウンを着てバスルームから出てきた彼女は、ジョーに向かって「何か作りましょうか」と言うのだ。けれど、ジョーの部屋にはキッチンがない。それまでしたかった楽しいことの全てをその日やり尽くした彼女は、しかし料理だけはやれずに終わるのだ。外食の方が好きなのかと彼女に尋ねられたジョーが口にするのが、先程御崎禅が言った「ままならないのが人生さ」という台詞である。

「『裁縫も掃除もアイロンがけも習ったけど、人にしてあげる機会がなかった』って王女が言うんですよね。それはこの先もきっとそうで、彼女が誰かのために料理をすることなんてありえないんです。だって彼女は王女だから。でも、それを聞いたジョーは『キッチンのある部屋に引っ越そうかな』って言ってあげて……『そうね』って王女もうなずいて。そんな未来はないって二人ともわかってるけど、それでも夢物語のようにそんな話をするのがすごく切なくて、観る度に胸がぎゅっとなります」

「ええ、あの別れを前提とした二人の会話シーンは、とても悲しく美しい」

「二人の表情がいいんですよね！　今すぐにも王女は帰らないといけないって二人と

も思ってて、でもぎりぎりまで今この時間を引きのばそうとしてるみたいで……尽きていく時間を必死にとどめようとしてるみたいなやりとりが、たまらないです」

そんな話をしながら、映画鑑賞を趣味にしていて本当によかったと、今更ながらにあさひは思った。おかげでこうして御崎禅と出かけたりもできるし、普段話していても、会話が途切れることがない。

もともと編集者と作家の打ち合わせというものは、半分くらいは雑談のようになることが多いのだ。そうした雑談の中から何かネタを拾ってもらったりすることもあるし、単に気晴らしや頭の整理のために話すこともある。だが、その際に、共通の話題がないと結構辛《つら》いのである。以前あさひは、歌舞伎が趣味の作家から担当をクビにされたことがある。一応話を合わせようとある程度調べてはみたのだが、付け焼刃の知識で話したのが余計に癇《かん》に障ったらしい。

そのうちに、場内が暗くなった。そろそろ映画が始まるらしい。

客の入りはそこまで多くはなかった。あさひの横は、三席空けて年配のおじさまが一人座っている以外は誰もいない。御崎禅の側も似たようなものだ。やっぱり今の人達には『ローマの休日』は古すぎてあまり響かないのだろうか。そう思うと、ちょっと寂しい気もしたが、ぎゅうぎゅうに客が詰まった劇場でない方が気楽でいいのかもしれないとも思う。近くに鑑賞マナーの悪い客がいた日には落ち着かないし、御崎禅のすぐ横に女性が座ったりして超絶美形がばれてしまってもまずい。

スクリーンに、近日公開作のCMが流れ始める。それを観ながら、あさひは、映画の後はどうしようかなと考える。どこかお店に入って、少しくらいは何か食べたり飲んだりできるだろうか。映画の感想を語り合いつつ、上手《うま》いことと新作長編のネタ出しにつなげられたらいい。それとも御崎禅は、こんな日にまで仕事の話をしないでほしいと嫌がるだろうか。

やがて映画が始まった。流れ出す音楽。山頂の絵をバックに、二十四個の星に囲まれたパラマウント・ピクチャーズのロゴが映し出される。ヘプバーンの名前が出るのは、ジョー役のグレゴリー・ペックの後だ。ウィリアム・ワイラー監督の名前の後、タイトルの『Roman Holiday』の文字が出る。

ああ楽しみだな、とあさひはワクワクしながらスクリーンに見入る。大好きな映画だが、最後に観てからもう何年か経っている。ひさしぶりに観るアン王女はどんなに可愛いことだろう。眉間《みけん》に少し皺《しわ》を寄せるようにして彼女を見るジョーも、とても素敵なのだ。この時代の俳優には、今の俳優にはない独特の渋さがある。

ああ、アン王女が出てきた。やっぱり可愛い。はっとするような大きな目が本当に
――……。

瀬名さん、という声が耳元で聞こえて、意識がゆるやかに覚醒《かくせい》する。

まだ半分眠った頭で、誰の声だろう、と思う。

ずっと聞いていたくなるような、とてもいい声だ。澄んだ響きの甘いテノール。瀬名さん、ともう一度呼ばれる。でも、それ以外にも何か聞こえる気がする。男性が二人、英語で話している。何だろう。自分はどこにいるのだろう。

「瀬名さん」

少し強めに、また呼ばれた。

あさひは目を開けた。傾《かし》いだ頭が何か温かいものにもたれかかっていたことに気づき、顔を持ち上げてそちらを見る。

薄暗い中に、白い顔が見えた。とても整った男性の顔だ。女性のようにふっくらとした唇がまた動き、自分の名前を呼ぶのを、あさひはぼんやり見つめる。

そして、思う。

――このひとは、誰だろう。

「瀬名さん！　大丈夫ですか？」

肩に手をかけられて、あさひははっとした。

途端に、なんだか靄《もや》がかかったようだった頭がはっきりした。自分が今どこにいるのかを、そして目の前の人物が何者なのかを思い出す。

そうだ。ここは映画館で、このひとは御崎禅だ。今日は二人で『ローマの休日』を観に来て——と、そこまで思い出した瞬間、あさひは己が何をしでかしたのかに気づいて、愕然《がくぜん》とした。慌てて前を向く。スクリーンの中では、ジョーとアーヴィングが使う予定もないスクープ写真のキャプションを考えて、笑い合っていた。もうラスト近くのシーンだ。嘘だろう、と思いながら、あさひは己の記憶をあさる。アン王女がネグリジェを着てベッドに入ったところまでは覚えている。だが、その後の記憶がない。……ふっつりと、消えている。

寝てしまったのだ。自分は。

顔から一気に血の気が引いた。

まさかそんな。御崎禅と一緒に映画館に来て居眠りするなんて。いや、それだけではない。直前の自分の動きを思い出し、あさひは今すぐ死にたくなった。もしや自分は御崎禅にもたれかかりながら寝ていたのか。最悪だ。ありえない。

御崎禅は戸惑ったような顔をしている。当たり前だ。起こすかどうかも散々迷ったのではなかろうか。大変失礼いたしましたと謝りかけて、あさひは慌てて口をつぐむ。上映中のお喋《しゃべ》りは厳禁だ。

すると御崎禅がハンカチを取り出し、無言であさひの頬に押し当ててきた。あさひはびくりとして、反対側の頬に自分の手を当てる。濡れている。また泣いていたらしい。よりにもよってこんなときにまで、とあさひはまた血の気が引く思いを味わう。相変わらず見ていた夢の記憶は残っていなかった。それなのに、しっかり泣いた痕跡《こんせき》だけはあるのが本当に信じられない。

すみません、大丈夫です、と口パクで言いながら、あさひは御崎禅の手を押し戻した。自分のハンカチを取り出し、化粧が落ちないように注意しながら、そっと涙を拭《ぬぐ》う。どうしよう。なんて申し開きをすればいいのだろう。

御崎禅が言った。

「大丈夫ですか？　気分が悪いとか、そういうことは」

あさひはぶんぶんと首を横に振る。

「本当ですか？　もう一度、よく顔を見せてください。こっちを見て」

御崎禅があさひの顎《あご》に手をかけ、自分の方を向かせる。ひい、という気分であさひは縮こまる。泣いた後の不細工な顔を見られたくない。というか、上映中に喋るのはまずいのだが。他の客の迷惑になってしまう。

「別に迷惑にはなりませんよ」

御崎禅がそう言って、立ち上がった。

あさひはぎょっとして、その腕を引こうとする。上映中に喋るどころか立ち上がるなんて、絶対NGな行動だ。

「見てください。……他の客も、眠っています」

御崎禅が言う。

あさひは、御崎禅の向こうで傾いている客の頭に気づいて、目を瞠《みは》った。

反対側に視線を向けてみる。三席空けて、おじさまが一人で座っていたはずだ。

おじさまは深くうつむき、目を閉じていた。すっかり眠り込んでいるようだ。

あさひはようやく事態の異常さに気づき、御崎禅を見た。

御崎禅が長い脚であさひの膝《ひざ》の上を一跨《ひとまた》ぎし、通路の方へ歩いていく。あさひは慌てて立ち上がり、その後を追った。

暗い通路を歩きながら、あさひは劇場内を見回してみた。座席の背もたれ越しに、うつむいたり傾いたりしている頭が見える。起きている人は一人もいないようだ。もしや知らぬ間にガスでも流れたかと一瞬考えたが、特に息苦しさなどは感じない。

それならば――これは、もしや。

「やっぱり、あなたの仕業ですか」

一番後方の列にたどり着き、御崎禅が言った。

そこには男性が一人で座っていた。四十代くらいだろうか。背もたれにすっかり身を預けて目を閉じ、顎を持ち上げて仰《あお》のくようにしながら、小さく口を開けている。

男性は、劇場係員の格好をしていた。確か、チケットのもぎりをしていた人だ。頭頭部の髪がやや薄く、ぽっちゃりした体型で、ベストを着た腹の上にまるっとした両手を置いている。ふくよかな腹は、男性が呼吸をする度にゆったりと膨らんではしぼむのを繰り返していた。

「起きてください、夢之介《ゆめのすけ》」

御崎禅が、男性の肩に触れた。

ぱちり、と男性が丸っこい目を開ける。

傍らに立って自分を見下ろす御崎禅を見て、男性は丁寧な口調で言った。

「お客様、上映中の立ち歩きと会話はご遠慮ください」

「夢之介。僕です。よく見てください」

「……あれっ？　嘘でしょ、禅くんなの？」

ただでさえ丸い目を驚きでさらに丸くしながら、夢之介、と呼ばれた男性は座席の背もたれから身を起こした。

「気配が全然違うから、来てるの気づかなかった。どうしたの？　君ってば、何でこんなのつけてるの？」

御崎禅の手を取り、手首に嵌《は》まった腕輪を見て、夢之介が顔をしかめる。

御崎禅が言った。

「少々事情がありましてね。それよりも夢之介、どうしてこんなことを」

「……あー……ええっと……ぼくにも事情があるんだけど……やだな、君が来てるって気づいてたら、こんなことしなかったのに。ねえ、このこと、異捜に言う？」

「そうですね、事情如何《いかん》によっては。けれど、幸いなことに僕は今、異捜に協力する立場から外されている身です。異捜の刑事もここにはいません。ですから、まずはあなたの話を聞きましょう」

「じゃあその子、異捜の人じゃないの？　誰？」

夢之介があさひの方をちらちら見て言う。

あさひは鞄《かばん》から名刺を取り出し、相手が何者かもわからぬまま差し出した。

「希央社の瀬名と申します。御崎先生の担当をしております」

「あ、なんだ、禅くんが本出してる出版社の人か。ぼくはね、日村《ひむら》夢之介といいます。この映画館で働いてます。よろしく」

福々しい頬に赤ん坊のように無邪気な笑みを浮かべて、夢之介が名乗る。

御崎禅があさひの方を見て言った。

「ちなみに彼の正体は獏《ばく》です」

「獏!?……というと、ええと確か夢を食べるという……？」

あさひは昔読んだ妖怪《ようかい》事典を思い出し、首をかしげる。確か鼻が長くて牙《きば》があって、夢を食べる霊獣じゃなかっただろうか。『悪い夢を見た後に「今の夢は獏にあげます」

と唱えると、もうその夢は見ない』というおまじないを昔聞いたことがある。

「実際の獏は別に夢を食べたりはしませんが、人を眠らせたり、夢を覗《のぞ》いたりすることはできますよ。——夢之介、映画館に来た人間を眠らせるとはどういうことですか」

御崎禅に詰問されて、夢之介は丸い腹の上で組み合わせた手をもじもじと動かし、

「……あのね、ぼくね、人を捜してるのね」

「人？」

「うん。女の人。勿論《もちろん》、人間の」

話しながら、夢之介は横に座席をずれ、御崎禅とあさひに座るように勧めた。

あさひ達が腰を下ろすと、夢之介はまた両手をもじもじさせて、

「ほら、映画館って、たまに観ながらうとうとしちゃう人がいるじゃない？　ぼく、たまにそういうお客さんの夢を覗いてるの。だってほら、映画は毎回同じだから、ずっと見てると飽きちゃうけど、お客さんの夢は人それぞれで面白いから」

夢というのは不条理なものだ。

そのとき観ていた映画の影響をばっちり受けているようなものはあまりなくて、その人の日常の続きだったり、悩み事だったり、あるいは本当にわけのわからないものだったりする。全然勉強していないのにテストを受けなければいけない夢、ふわふわのパンケーキをひたすら食べる夢、誰かに叱られる夢、世界の終わりの夢。夢之介は、

人が映画を楽しむように、映画館で居眠りしている人の夢を覗いて楽しんでいるのだそうだ。

——その夢に出会ったのは、先月のことだという。

夜の湖の夢だった。

満天の星の下、湖はその星の輝きを余すことなく呑《の》み込んで、淡く輝いている。時折、びっくりするほど大きな流れ星が空を流れる。それはくっきりした金色の尾を引いて、天球を横切っていく。星が流れる速度は非常にゆっくりだ。何度だって願い事を唱えられそうなほどに。

湖には小舟が一つ、ぽつんと浮かんでいる。

小舟には、女性が一人乗っている。

彼女は長い長い髪を湖に垂らしている。その髪で湖の底に眠る大きな魚を釣り上げようとしているのだ。

けれど、彼女がするすると髪を持ち上げてみると、髪の先に結んだ釣り針には、白い花が一輪ついている。

だが、彼女が針からその花を外そうとすると、花は散り落ちてばらばらになる。

それを見た彼女は、ほろほろと涙を流すのだ。

「——そこで目を覚ましたみたい。夢はそれで終わりだった」

夢之介はそこまで話して、ほう、と息を吐いた。

「ものの五分もないような短い夢だったけど、とても美しかったんだよね。そのまま映画にできそうなくらい。でも、なんだか寂しくて、悲しくて」

映画が終わり、出て行く人達を見送りながら、夢之介はさっきの夢の主を捜した。

それは三十代くらいの女性だった。一人で観に来ていたらしい。夢と違って、髪は肩までしかなかった。見た夢は悲しげだったが、彼女は非常に満足げな顔で映画館を後にしていった。わずかな時間寝落ちしたとはいえ、映画は好みに合ったらしい。

劇場を出て行こうとした彼女に、夢之介は、声をかけたいと思った。

だが、かける言葉が見つからず、結局そのまま見送ってしまった。

夢之介はそのことをひどく後悔しているのだという。

「——あの、それって、もしかして」

話を聞いたあさひは、胸がときめくのを感じた。もしやそれは恋なのではないか。

が、夢之介は首を横に振り、

「ううん、ぼくね、あの夢の続きが見たいの」

「……はい？」

「だって、気になるでしょ！　あんなに綺麗《きれい》なのにあんなに寂しくて悲しい夢はひさしぶりなんだよ！　あの後どうなるのか、すごく気になるじゃない！」

「……いえ、あの、夢ってそんな続きが見られたりするものなんですか……？」

連ドラじゃあるまいし、とあさひは思う。

夢之介はああんと小さい子がむずかるような声を上げて身悶《みもだ》えし、

「じゃあ、続きじゃなくてもいいから！　ぼく、あの人が見る夢をもっと見たいんだよう！　だって、本当に素敵だったんだよ！　次回作が気になるじゃない！」

「次回作って……」

あさひはちょっとついていけず、首をひねる。

と、御崎禅が言った。

「夢之介にとって、人が頭の中で紡ぐ夢は娯楽なんですよ。僕達が映画を観たり、本を読んだりするのと同じです。夢之介の好みに、その人の夢はぴったりだったということでしょう」

「はあ……成程。つまり、わたしが御崎先生の次回作を読みたくて悶えているのと同じですね？」

「それを言われると複雑な気分ですが、大体同じだと思います」

御崎禅が少し顔をしかめてみせる。

でも、あさひはそれで納得がいった。夢之介の気持ちはとてもよくわかる。好きな作家の次回作なら、喉《のど》から手が出るほど読みたい。

夢之介が言った。

「だからぼく、もう一度彼女に会いたいの。それで、彼女が見る次の夢を覗いてみたいんだけど……ぼく、人の顔を覚えるのがちょっと苦手なんだよね。夢の見分けは得意なんだけど。だから、もしあの後も彼女がこの映画館に来てたとしても、眠って夢を見てもらわないことには、彼女だってわからなくって」

「それで、映画館に来る客を丸ごと眠らせて、手当たり次第に夢を覗いて彼女を捜していたんですか？」

「うん、そう」

夢之介が申し訳なさそうにうなずいた。

「あ、別にいつもはやってないよ？　やったのは今日が初めて」

「なぜ今日だったんです？」

「先月彼女が来たのが、今日と同じ曜日で同じ時間帯だったもんだから……もしかしたらって、思ったんだ。ほら、人間って、割と生活のサイクルが決まってたりするでしょ。彼女が会社勤めしてる人かどうかは知らないけど、映画とか観に来やすい日だったのかなって……でも、まさかよりにもよって禅くんが来てる日だなんて、思わなかったんだよ！　ごめんね！」

御崎禅の手を取り、つぶらな目をうるうるさせながら、夢之介が謝る。

夢之介の手の中から己の手を引き戻し、はあ、と御崎禅がため息を吐いた。

「それで、今日の回に、目当ての彼女はいたんですか？」

「……ううん、いなかった」

「そうですか。それは――残念でしたね」

御崎禅がそう言ったときだった。

映画が、終わった。

音楽が盛り上がった末に、スクリーンに「The End」の文字とパラマウント・ピクチャーズのロゴが映し出され、そしてぷつりと映像が消える。客席の明かりが点《つ》いた。

夢之介が、「あ、いけない」と呟《つぶや》いて、ぱちんと指を鳴らした。

途端に、客達が目を覚ました。傾いていた頭が持ち上がり、上映の終わったスクリーンを見て、自分が居眠りしていたことに気づく。「しまった、寝ちゃった」という呟きが、どこかの席から聞こえた。「私も」とそれに返す声もある。無言で立ち上がった人も、おかしいなという感じに首をひねっている。うーん、と腕を上げてのびをしている人もいる。

だが、そうして劇場から出て行く人々は、一様にすっきりした顔をしていた。「なんか、ひさしぶりに気持ちよく寝た気分」「俺も」と会話を交わしながら出て行く二人連れもいた。どうやら快眠だったようだ。

御崎禅は座席に座ったまま、しばし何かを考えているようだった。

客が全員出て行った後、御崎禅はあらためて夢之介を見た。

「――本当に、今回が初めてなんですね？　こんなことをしたのは」

「本当！　本当だよう、信じてよ！」

「では、今の回の客に映画のチケット代を返すことはできますか？」

御崎禅が尋ねた。

夢之介がうなずく。

「それはできると思う。最近のお客さんは皆、ネットでチケットを予約するからね。映像に不具合があったっていうことにして、返金できると思う」

「もう二度とこんなことはしないと、約束できますか？　客は、映画館に眠りに来るのではありません。映画を楽しみに来るんです。うっかり居眠りしてしまうのは仕方ないとしても、心から映画が観たくて来た客を眠らせるなんてあんまりですよ」

「うん。もうしない」

神妙な顔で、夢之介はまたうなずく。

御崎禅が立ち上がった。

「それでは、今回の件について、僕から異捜に伝えることはありません。それと――今後あなたが、たまたま眠ってしまった客の夢の中を覗《のぞ》いて楽しむことについては、今後も誰も咎《とが》めないでしょう。人間にはプライバシーというものがありますから、あくまで個人的な楽しみにとどめておくべきだとは思いますけどね」

「禅くん！　ありがとうー！」

夢之介が立ち上がり、がばと御崎禅に抱きついた。傍目《はため》には禿《は》げかかったおじさんが超絶美形を抱きしめているようにしか見えないが、とりあえず昔からの友人というのは本当らしい。御崎禅は若干迷惑そうにしているけれども。

それから夢之介は、今日のお詫《わ》びだと言って、映画の割引クーポンをあさひと御崎禅に一枚ずつくれた。「ぜひまた二人で観に来てね」と、にっこりと笑って言われたが、それはつまりまた御崎禅と二人きりで映画を観てもいいということだろうか。次こそは夏樹かルーナかその両方がオプションでついてくる気もするのだが。

帰りましょうかと御崎禅に促され、あさひも立ち上がって歩き出そうとしたときだった。

「あ、そうだ」

夢之介が小さくそう呟いて、くいとあさひのコートの袖《そで》を引いた。

「おねーさん、あのね」

「はい、何ですか？」

あさひは夢之介を振り返った。

夢之介はあさひの顔を見つめながら、

「おねーさんの夢も、とても良かったよ」

「……えっ？　の、覗いたんですか、わたしの夢を⁉」

「うん。でも、ちょっと変な感じに詰まってるみたいだったから――直してあげる」

そう言って、夢之介はあさひの前で、ぱんっと柏手《かしわで》を打つように両手を合わせた。

あさひは猫だましをくらった気分で、ぱちぱちとまばたきしながら夢之介を見る。

夢之介はもう一度あさひの顔を見つめると、よし、とうなずいた。

「はい、直った。帰っていいよ」

「え？　え？　直ったって、あの、何が……」

「おねーさん、ぜひまた来てね。そして、できれば居眠りしてね！　そしたらぼく、またおねーさんの夢覗けるから！」

屈託のない顔で笑いながら、夢之介があさひの手を取って言う。

御崎禅がその手をほどき、あさひの背中を押した。

「行きますよ、瀬名さん」

「あ、はい、すみません……先生っ、じ、自分で歩きますから！」

なぜかぐいぐいと背中を押してくる御崎禅にそう言って、あさひは小走りに劇場から出た。振り返ってみると、ばいばーい、と夢之介が手を振っていた。……悪いひとではないのだろうけれど、これからはこの映画館に来るときには絶対に居眠りしないようにしようとあさひは思う。なんとなく、夢を覗かれるのは恥ずかしい。

映画館の外に出て、御崎禅と一緒に歩き出す。

外はとても寒かった。あさひは身をすくめ、コートのポケットから手袋を取り出そうとして、そういえば片方なくしたまま買い直していないことを思い出した。御崎禅の前でポケットに手を突っ込んで歩くのも失礼な気がして、両手を擦《こす》り合わせて我慢する。

と、なぜか御崎禅が、すっと立つ側を変えた。

あさひの右隣にいたのが、左隣に移ったのだ。

どうしたのだろう、と思ったあさひは、少しだけ寒くなくなったことに気づいて、御崎禅を見上げた。

……もしかして、風除《かぜよ》けになってくれたのだろうか。

御崎禅が、あさひと目を合わせぬまま、ぼそりと言う。

「――女の人はあまり体を冷やさない方がいいと聞いたもので」

「い、いいです、いいです、御崎先生のお体の方が大切ですから！　わたしが、わたしがそちら側に立ちます！」

「瀬名さんの身長では、僕の風除けになるのは不可能ですよ」

「とっ、跳びます！　身長が足りない分は跳んでカバーを！」

「何を言ってるんです、余計に風を起こしそうですからやめてください」

呆《あき》れた口調で御崎禅に言われ、あさひは確かにそうだなと思った。今度から大きなベニヤ板でも持ち歩けばいいのだろうか。

「また何か変なことを考えていませんか？――そんなことより、瀬名さん」

「はい？　何ですか」

「……先程映画館で、何の夢を見ていたんですか？」

御崎禅に尋ねられ、あさひは己の頬にどかっと血が昇るのを感じた。

そうだった。眠った自分は、御崎禅にもたれかかったうえに、泣き顔まで見られたのだ。恥ずかしすぎる。というか、映画館を出る前にトイレに寄るべきだった。化粧が崩れているかもしれない。

「え……っと、あの、覚えてないんです、夢の内容は」

「そうなんですか？」

「はい。最近よくあるんですよ、寝てる間に泣いてることって。でも、起きたらもう何の夢を見たのかは忘れてるんです。あっ、別に睡眠不足とかにはなってないですよ、よく寝てます、健康上の問題は皆無です！」

「――最近って、いつからですか？」

「あ、ええと、それは」

あさひは言葉を濁す。

が、御崎禅相手に、そんなものは通用しない。

「僕が血を吸って以来——ですか」

あさひは何と答えればいいのかもわからずに、ぎこちなく笑う。

「瀬名さん。もし何かおかしいと自分でも思うのでしたら、清比古に相談を」

「いいえ、本当に大丈夫ですから！　御崎先生がお気になさるようなことではありません！——そんなことより、あの、映画！　映画！　映画、残念でしたね！」

放っておいたら御崎禅が自己嫌悪に沈んでしまいそうだったので、あさひはすかさず話題を変えることにした。

「せっかく大きな画面でひさしぶりに『ローマの休日』を観られると思ってたのに！　まさかあんなことになるなんて予想もしてませんでした。人外の方って、本当にあちこちにいるんですね」

「ああ……そうですね」

御崎禅がうなずいた。

よし上手《うま》く話題を変えられたぞと思いつつ、あさひは言葉を続ける。

「御崎先生は、夢之介さんの術にはかからなかったんですか？」

「いえ、普段ならそうだったでしょうが――今は何しろ、この状態なので。普通の人間に比べると術のかかりは浅かったようですが、瀬名さんを起こす少し前まで、僕も寝ていましたよ」

御崎禅が、腕輪の嵌《は》まった手を持ち上げて言った。

ということは、二人仲良く並んで寝ていたということだろうか。それはそれで、想像するとなんだかすごい状況だ。

だがしかし、やっぱり映画を観られなかったのは残念だった。御崎禅と一緒に観られると思って、本当に楽しみにしていたのだ。なおさら悲しい。

「……観たかったですね、『ローマの休日』」

思わずそう呟《つぶや》いたら、御崎禅がこちらを向いた。

「これから観ますか？　『ローマの休日』」

「え？」

「DVDを持ってますよ。うちで観られます。映画館ほど立派な設備ではありませんけどね」

「え……いいんですか？」

御崎禅の家には、ホームシアターの設備があるのだ。テレビもかなり大きい。あさひの家より、はるかに良い環境で観られる。

「ええ、どうぞ。どのみち僕は、これから家に帰って、一人でも観るつもりなので」

「じゃ、じゃあ、わたしもお付き合いさせてください！……あ」

そこで思いついて、あさひはちらと御崎禅を見上げた。

「何ですか？　瀬名さん」

「あの。――どうせなら、どこかでアイスを買っていきませんか？」

「アイス？」

「わたし、『ローマの休日』を観るときにはいつもアイスを食べるんです。ほら、王女がスペイン階段でジェラートを食べるシーンがあるじゃないですか。結構楽しいですよ、映画の真似してる気分になれます」

「……成程。では、部屋を暖かくして、アイスを食べながら観ましょう」

にや、と御崎禅が、まるで映画の中で王女の休日に付き合うジョーのように笑った。

「せっかくです。――楽しいことをしましょう」

映画の中のように、二人で楽しいこと全部片っ端からやる、というわけにはいかないだろうが、でもそのくらいはしてもいいらしい。

わあ、とあさひは嬉《うれ》しくなって、少し足取りを弾ませた。それなら、もうちょっと御崎禅と一緒にいられるのだ。

そう考えてから、いやいや自分は何を不埒《ふらち》なことを考えているのだろうと内心であさひは首を横に振った。いけない。これはデートなどではないということを、くれぐれも忘れてはならない。自分達は、あくまで作家と編集者の関係なのだから。恋人同士などではないのだから。

あさひ達の前を、カップルらしき男女が歩いている。二人は手をつないでいた。

御崎禅と並んで歩きながら、あさひは、冷えた指先をきゅっと己の手の中に握り込んだ。……早く手袋を買わなくちゃいけないな、と思いながら。

コンビニで買ったアイスを食べながら、御崎禅のマンションで観た『ローマの休日』は、最高だった。

観終わった後、終電ぎりぎりまで御崎禅と映画の感想を語り合い、あさひは自分の家に帰った。明日《あした》も仕事だが、編集者の仕事は割と時間が自由だ。打ち合わせが入らない限りは、朝九時に出社しなくても大丈夫なのである。……その分、夜遅くなることは多いけれど。

風呂《ふろ》を済ませ、ベッドに入り――あさひは、御崎禅と過ごした楽しい時間を思い返しながら、幸せな気持ちで眠りに落ちた。

翌朝目を覚ますと、やはり頬は涙で濡《ぬ》れていた。

いつものことだった。

でも――いつもと違っていたことが、一つだけあった。

ベッドに身を起こしたあさひは、寝起きのぼさぼさ頭のまま、部屋の本棚を振り返った。

よろよろとベッドから降り、本棚に歩み寄って、一冊の本を手に取る。

もう何度も読みこんでいるせいで、表紙の端が擦り切れつつある本。

御崎禅の『輪舞曲』だ。

『輪舞曲』は、時を超えて愛する人を探し続ける男女の物語だ。

始まりは、十八世紀のウィーン。詩人の男性とオペラ歌手の女性が、貴族の館《やかた》で開かれたパーティーで出会うのだ。二人は恋に落ちるが、彼女の方はパトロンの貴族と結婚して外国に旅立つことがすでに決まっていた。添い遂げることが叶《かな》わなかった二人は、別れ際に、いつの日にか夢物語のような再会を果たそうと約束をする。

けれど、二人が再会することはなかった。――そのときの人生では。

そして、時が流れる。二人はまったく別の人間に生まれ変わっている。勿論《もちろん》、二人は前世のことなど覚えてはいない。

だが、ふとした瞬間に、二人はかつてとても大切な約束をしたことを思い出すのだ。

けれど、人生とはままならぬものだ。生まれ変わった先には、当然別の人生が展開している。相手のことを思い出したときには、すでに別の人と結婚して家庭を築いていたりする。あるいは、もう相手は死んだ後だったりもする。

それでも二人は生まれ変わりを続ける。そうして、かつての恋人を探し求める。やがて二人の時間がずれ始め、ますます出会うのが難しくなってしまっても、彼らは同じ相手を追い続ける。まるで同じモチーフを繰り返し追い続ける輪舞曲のように。

あさひは、『輪舞曲』の表紙を見つめたまま、今朝の夢を思い返した。

いつも起きる度に忘れてしまっていたのに、今日は夢の内容を覚えていたのだ。

夢の中で――自分は、なぜか外国の女性になっていた。

時代がかった豪奢《ごうしゃ》なドレスと、ものすごく立派な貴族の邸宅。ちらと見えた鏡の中の自分は、金髪だったように思う。たぶん、美人だった。夢の中だから、あまり意味はないけれど。

夢の中の自分は、友人から届いた手紙を胸に押し当て、廊下を走っていた。

誰にも見られないところで読もうとしていたのだ。

庭に走り出て、東屋《あずまや》に隠れるようにしてやっと手紙の封を切った。

思った通り、手紙の中には、共通の友人の近況が語られていた。

『ルイーズ、どうか悲しまないでほしいのだけれど、あなたにお伝えしなくてはいけないわ。ユリウスのことを覚えている？　彼が亡くなったの。結核になってね、可哀想に――』

それを読んだ途端、自分は声を上げて泣き始め――そして、そこで夢が終わって、目が覚めた。

あさひはのろのろと、『輪舞曲』のページを開いた。

最初の方の、ウィーン篇。この物語の男女が、最初の生を生きていた頃の物語。

もう何度も読んだ本だ。今更確かめるまでもない。それでも念のため確認する。

運命に翻弄《ほんろう》されることになる二人の名前。

男性の方はユリウスで――女性の方は、ルイーズだ。

閉じた本の表紙に、あさひは無言でばんと額を叩《たた》きつけた。

一回。二回。三回叩きつけたところで、ようやくうめくような呟きが漏れる。

「ありえない……っ」

――なんという夢を見てしまったのだ、自分は。恥ずかしい。

羞恥《しゅうち》にまみれた脳味噌《のうみそ》が、それでも必死に弁解を試みる。もう何度も読んだ本なのだから、夢に見たところで別に不思議はないではないか、と。

そうだ、何しろこの脳には、『輪舞曲』の全シーンが記憶されているのだ。もはや『輪舞曲』はあさひの血肉も同然だ。夢の中でルイーズになっていたのは、それだけ感情移入しながら読んだというだけのことだ。そんなのはご愛敬《あいきょう》と言っていいだろう。

ただただ羞恥から逃れたいという一心で、あさひの心の大部分は今の弁解に諸手《もろて》を挙げて賛成する。そうだそうだ、だから気にするなと叫ぶ。が、一かけらだけ残った理性が、それにしてはおかしくないかと冷静に指摘してくる。

だって、そもそも『輪舞曲』の中には今見た夢と同じシーンなんて存在しないじゃないか──と。

ルイーズがパトロンの貴族と共にウィーンを去った後、残されたユリウスは確かに結核になる。そして、若くして死んでしまう。

だが、ウィーン篇は、ユリウスが死んだところで終わってしまうのだ。

彼の死をルイーズが知ったかどうかなんて、本文のどこにも書かれていない。

あさひは『輪舞曲』を本棚に戻し、よろめきながらベッドに戻った。

ベッドの上には、猫のぬいぐるみがある。名前は『二号』。正式名称は、『にゃーた二号』だ。実家で買っていたキジネコのにゃーたに似ていたので買ったもので、一人暮らしのあさひの良き話し相手となっている。

「二号……わたし、やばいのかも……」

あさひは二号を抱きしめ、ふかふかしたその頭に顎《あご》を埋《うず》めながら、茫然《ぼうぜん》と呟いた。

どうやら自分は『輪舞曲』が好きすぎるあまり、ついにその中のキャラクターになったかのような妄想を抱き始めたらしい。書かれていないシーンの続きまで勝手に考えて夢に見るほどに。

どうしよう。ありえない。こんなことはあってはならない。恥ずかしすぎる。

自分は、御崎禅の担当編集なのに。

しかも、『輪舞曲』が御崎禅自身の物語だと知っているくせに。

「……ど、どうしよう二号……これじゃ御崎先生に合わせる顔がない……っ」

ぎゅうぎゅうと二号を抱きしめながら、あさひはベッドの上にひっくり返った。

次からどういう顔をして御崎禅に会えばいいのだろう。

あのひとは、あさひの考えていることなんて、すぐに読み取ってしまうのに。

あさひは二号を抱えたまま、ベッドの上で懊悩《おうのう》し続ける。そろそろ身支度をしなければならない時間なのはわかっていたが、とても立ち上がれそうになかった。

第二章　『母』来訪――そうして彼は人ではなくなったのです――

二月下旬。

あさひが御崎禅のマンションを訪れると、リビングには、優雅に紅茶を飲む御崎禅と、ぐったりとソファにもたれかかって半分魂が抜け出そうになっている夏樹がいた。

「な……夏樹さん？　どうしたんですか、何があったんですか⁉」

「……やっほー、あさひちゃーん……ひさしぶりー、元気だったー……？」

かろうじて顔をこちらに向けた夏樹が、へろへろと力なく片手を振る。心なしか、やつれて見えた。なんというか、全身に疲労がにじんでいる。

そういえば夏樹とは、しばらく顔を合わせていなかった。前はいつこの部屋に来ても必ずのように夏樹がいたものだが、例の審問会以降は全く姿が見えなかったのだ。御崎禅が異捜の仕事から外れたからだろう。

「お、おひさしぶりです、夏樹さん……なんだかお疲れみたいですが、大丈夫ですか？」

「大丈夫じゃない、俺もう死ぬかも……」

「えええ、そんな大変な事件が起きてるんですか⁉」

「いや、事務処理がすごくて」

「……はい？」

　思わず首をかしげたあさひに、夏樹が言う。

「御崎の代打で来てもらってる相手がなんつーか荒っぽくてさ……力持ちなのはいいんだけど、すーぐその辺の物壊しちゃうもんだから、その度に俺が始末書書いてんの。報告書より始末書の方が多いの今。昨日はついに警察車両壊されたよ、もうやだよ俺疲れたよ……」

「あああ、お疲れ様です……！」

　めそめそとソファの肘掛《ひじか》けに泣き伏せる夏樹を、あさひは慰めた。余程辛《つら》いらしい。はたして、御崎禅の代打で来た人外の存在とは何者なのだろう。夏樹が具体的に言わないということは訊《き》くなということなのだろうが、車を壊すほどの暴れん坊なのかと思うと、ちょっと怖い。鬼でも来たのかと思ってしまう。まさか虎皮のパンツを穿《は》いて金棒をかついだ鬼ではないだろうけれど。

　夏樹が顔を御崎禅の方に向けた。

「なあ御崎ー、お前いつ復帰するんだよー……やっぱ俺のバディはお前しかいねーよ、頼むから早く戻ってきてくれよ……」

「さて、そう言われましても、僕にはどうすることもできませんね」

御崎禅がそう言って、腕輪の嵌《は》まった方の手で紅茶のカップを持ち上げる。その姿は、懲罰を受けている最中とはとても思えぬほどに優雅だ。

ルーナがキッチンからやってきて、あさひの前にティーカップを置いた。手にしたポットから紅茶を注ぐ。ふわりと華やかな香りが漂った。今日の紅茶は何のフレーバーだろう。フルーツのような香りが混じっている。

「……つーか、罰を受けてるのって、御崎じゃなくて異捜の方なんじゃねーの？　不《ふ》甲斐《がい》ない俺に対して、いっぺん御崎なしで仕事してみろって意味だったとかさ……だったらもう滅茶苦茶《めちゃくちゃ》反省してるんで、御崎を返してくださいい御前……」

夏樹がまためそめそとソファに泣きついて、この場にいもしない御前に懇願する。

だが確かに、現状を考えると、御前が御崎禅に与えた罰は、あまり罰になっていないような気がした。

痛いとか苦しいとかいうこともなく、生活を阻害されるほどの不自由さもない。むしろ、異捜の仕事がなくなった分、のびのびと自由に過ごすことができている。

これではまるで、謹慎というより単なる休暇のようだ。

……もしかして御前は、それをわかったうえで、この罰を決めたのだろうか。

あさひは、ふとそんなことを思う。

御崎禅に非はなく、しかし何らかの罰を与えざるをえないのであれば——せめて、罰という名の休息を与えよう、と。

だとしたら、随分粋《いき》な計らいだ。まあ、そのおかげで夏樹は大変な目に遭っているようだけれど。

「じゃあ俺、そろそろ帰るね……あっ、そういえばあさひちゃん、バレンタインチョコありがとうね、近頃の俺の唯一の癒《いや》しだったよ……」

夏樹がよろよろと立ち上がった。

と、ルーナがキッチンからやってきて、大きなバスケットをずいと夏樹に差し出した。バスケットの中身は、手作りのサンドイッチやスープジャーだ。

「え？　これ、俺に？」

夏樹が尋ねると、こくりとルーナがうなずいた。表情は乏しいが、ルーナなりに夏樹を心配しているようだ。

「うわー、ありがとうルーナちゃん！」

夏樹が床にしゃがみ込み、感極まった様子でルーナを抱きしめようとした。

が、ルーナはその腕の下をかいくぐり、御崎禅の方へと駆けていく。心配はするが、ご主人様以外に触られたくはないらしい。

「ルーナ。すみませんが、これから瀬名さんと打ち合わせがありますので、あなたもはずしてくれますか？」

御崎禅がルーナに言った。

しかしルーナは、すました顔で御崎禅の膝《ひざ》の上にちょこんと座る。自分も打ち合わせに参加すると言わんばかりのその態度に、あさひは遠方に住んでいる作家とのリモート打ち合わせを思い出した。たまに、作家の膝の上に飼っている猫やら犬やらが乗っていることがあるのだ。作家は苦笑しながら「お気になさらず」と言ってくるのだが、可愛すぎていつも気になる。ましてルーナは、人間の少女の姿なのだ。

「ルーナ」

重ねて御崎禅が言うと、ルーナは渋々床に下り、キッチンの方に去っていった。

じゃあねと手を振り、夏樹も出て行く。夏樹はこのマンションの五階に住んでいる。

リビングに御崎禅と二人きりになり、あさひは背筋をのばした。

「それでは先生、打ち合わせを始めましょうか」

にっこりと笑って、御崎禅を見る。

……この域に達するまでに、一週間かかった。

よりにもよって『輪舞曲』のヒロインと同化して勝手な妄想を繰り広げたことなど、御崎禅の前でおくびにも出してはならない。もし万一自分がそんな恥知らずな人間であることを御崎禅に気取られた日には、切腹するしかない――あの朝、あさひはそう固く心に誓うことで、ようやくベッドから起き上がれたのだ。それからはひたすら精神修養の日々であった。凪《な》いだ海や月の砂漠を心に思い浮かべ、平常心の三文字を胸に刻んで、どうにかこうにか御崎禅の前で己を取り繕《つくろ》えるようになったのである。

――とはいえ、それが成功した一因には、あの後、例の夢をほとんど見なくなったこともあると思う。

漠然と何か夢を見た感覚だけはあるので、はっきりとは言えないが、少なくとも目覚めたときに頬が濡《ぬ》れているということはなくなった。貘《ばく》が『直して』くれたからかどうかはわからないけれども、おかげで気持ちもだいぶ落ち着いたように思う。

「御崎先生には、やはりどうしても新作の長編を書いていただきたいです。先日せっかく書き上げた長編をご自身の手で燃やしてしまったからには！　早急に！　新しくプロットを作っていただいて、すぐさま執筆に取り掛かってほしいのですが……書いてみたいとご自身で思うようなお話は、やはりまだ思い浮かびませんか？」

あさひは言う。

御崎禅は無言のまま、紅茶のカップを口に運んでいる。

芳しくない反応だ。しかし今日こそは、少しでもいいから前進させたいところだ。

御崎禅が異捜の仕事から解放されている今こそ、普段は二の次となっている執筆活動に専念してもらいたい。きっとこの『休暇』は、天からの授かりものだ。神様だって、きっと御崎禅の新作が読みたいのだ。

そのためには、何はともあれネタ出しとプロットの構築が必要なのだ。

「何かこう、最近観た映画からインスパイアされたものとかはありませんか？　たとえば、先日観た『ローマの休日』の終盤のシーンとか……ああいう切ない感じの、でもどこか爽《さわ》やかさもある男女の別れとかは、いかがですか？」

御崎禅の反応を見つつ、あさひは必死に言葉を探す。御崎禅は、一体どんな話なら書く気になってくれるだろう。

……ものすごく身も蓋《ふた》もない話をするなら、希央社としては、もはや御崎禅の新作でありさえすれば、内容はどんなものでもいいのだ。

御崎禅という作家は、今なお世の中に愛されている。既刊には定期的に重版がかかっているし、御崎禅自身の意向で全て蹴《け》ってはいるが、映像化のオファーもよく来る。待望の新作長編ですよと言って売りに出せば、間違いなく売れると見込んでいる。

だが、そうした会社の事情や、一読者としてのあさひの願望は抜きにしても、御崎禅は小説を書くべきなのだ。

だって、彼の小説は、かつての恋人に宛てた恋文なのだから。

――彼の処女作『輪舞曲《ロンド》』は、ほぼ実話だ。

何度も生まれ変わってはすれ違い、それでも同じ相手を求めて生まれ変わりを繰り返したのは、今あさひの前にいる御崎禅そのひとなのだ。

だが、二人の人間が同じタイミングで死に、同じタイミングでまた生まれることなどあるわけもない。二人の生まれ変わりには、やがて数十年レベルの時間差が生じていった。これでは出会いたくても出会えない。よしんば出会えたとしても、共に過ごせる時間はいくらもない。そう気づいた彼は苦しみ——そしてついに、人であることをやめることで、己の時間を止めてしまった。

けれども、それがまた新たな悲劇を生んだ。

愛する人と違う生き物になってしまった彼には、もう自分の恋人がどこにいるのかわからなくなってしまったのだ。

それまでは確かに魂でつながっていたのに、そのつながりが切れてしまった。

だから御崎禅は、『輪舞曲』を書いた。自分はここにいると彼女に知らせるために。

『輪舞曲』だけではない。これまで彼が書いてきた物語は全て、どこかにいる運命の恋人のために紡いだ彼の愛だ。

そして、だからこそ——それは結果として、どうしようもないモチベーションの低下を招くこととなった。

何本小説を書いたところで、運命の恋人は彼の前に現れなかったから。

それに、いつか恋人が彼の前に現れたところで、それが本当に彼女なのかどうかの見分けもつかないのだ。

あてもなく、甲斐《かい》もなく、ただ想いを綴《つづ》り続けることに、御崎禅は疲れてしまったのだと思う。

彼が小説を書く意味は失われつつある。

それでも書けと言うのは、あるいは酷なことなのかもしれない。

……でも、あさひは。

一縷《いちる》の望みをかけて、彼にまた新たな小説を書いてほしいのだ。

その小説は今度こそ運命の恋人のもとに届き、その彼女は御崎禅を訪ねてきてくれるかもしれない。彼女が目の前に立った瞬間、御崎禅はまるで磁石が引き合うような不思議な感覚を覚えるのだ。そして二人は抱き合い、ついに会えたと涙を流して喜ぶ。

そんな夢物語を——あさひは信じたいのだ。たとえ御崎禅が諦《あきら》めてしまっても。

「あの……もし新しいネタが思い浮かばないのでしたら、先日の長編を書き直すという手も」

念のため、という気持ちで、あさひは御崎禅にそう提案する。

御崎禅が燃やしてしまった小説は、あさひが一読して「悲しすぎます」と言ったものだ。愛する人を失った作家が、その記憶と共に己の魂まで埋葬してしまう話。確かに悲しすぎる話だったけれども、今にして思えば、とても良い話だったのは間違いないのだ。

もしかしたら、運命の彼女は、あの小説を読んで御崎禅という作家を気に入り、過去作にまで手をのばしてくれるかもしれない。そして『輪舞曲』にたどり着き、それを読むことで前世の記憶を取り戻すかもしれないではないか。

しかし、御崎禅は頑として首を横に振り、きっぱりとした口調で言う。

「それはできません。もうあの小説は必要ないんですよ」

「必要ないって、そんな……やっぱり、わたしがケチをつけたからですか？」

「別にケチをつけられたとは思っていませんよ。とにかく、あれを世に出す必要はありません。次に本を出すなら、別の話です」

「じゃあ、どんな話ならいいんですか？」

「それは……ぱっとは思い浮かびませんが」

御崎禅が言葉を濁す。やはりモチベーションの低下は深刻なようだ。

と、御崎禅があさひを見て言った。

「——瀬名さんは、どうなんですか？」

「はい？」

「瀬名さんは、どんな話が読みたいんですか」

御崎禅が、そう質問してくる。

あさひはびっくりして、

「えっと……わたし、ですか？」

「――だって瀬名さんは、僕の作品の一番のファンでしょう」

御崎禅が少し眉《まゆ》をひそめて、すっとあさひから視線をそらす。

一見不機嫌そうに見える仕草だが、たぶんこれは照れている。八ヶ月以上も一緒にいると、そのくらいの見分けはつくようになる。

いや、そんなことはどうでもいいのだ。

あさひは思わず、御崎禅の方に少し身を乗り出した。

打ち合わせで御崎禅がこんなことを訊《き》いてくるなんて、初めてだ。

これはつまり――少しでも、何か書く気になってきたということだろうか。

「そうですね、わたしは……御崎先生の書くものでしたら、何でも美味《おい》しくいただく自信はありますけど。でも、強いて言うなら、今は」

「今は？」

「ハッピーエンドが、読みたいです」

あさひは言った。

悲しい話も切ない話も、勿論《もちろん》好きだ。

だけど今は、御崎禅が綴る幸せな恋人達の物語を読んでみたかった。

「――いいですね」

御崎禅が微笑んだ。

あさひと同じように、少しだけこちらに身を乗り出してくる。長い指を組み、明るい鳶色《とびいろ》の瞳《ひとみ》に生き生きとした光を浮かべながら、御崎禅が言う。

「では、最後は幸せに終わるような話にしましょう。とはいえ物語ですから、最初から最後まで幸せなままとはいきません。それなりの苦難は欲しいところです」

「そうですね。短編ではなく長編ですし、ドラマティックな展開は必要だと思います。どうしましょう、どんな苦難にしましょうか。なかなか出会えない、とか？」

「それでは『輪舞曲』と展開がかぶりますね。出会ったけれど、恋心を意識しないままとか？　あるいは、別の相手に恋をしていると思っているとか」

「いいですね、両片想い！　もだもだしてもいいし、切ない系の展開もアリです！」

あさひはそう答えながら、心の中できゃああと歓声を上げていた。

御崎禅が、小説を書こうとしている。そのための思考を巡らせている。

それも、とても楽しそうに。

彼の物語作りにこうまで積極的に関わらせてもらえるなんて、感動ものだ。あさひが担当についてから、御崎禅は短編を一本、長編を一本書き上げているが、ここまで物語の内容に関する打ち合わせをしたことなど一度もなかったのだ。御崎禅という作

家は、基本は一人で物語を構築するタイプの作家なのだと思っていた。作家
新作長編完成に向けた大きな一歩を、今まさに自分達は踏み出しているのだ。

と担当の二人三脚を、まさか御崎禅と一緒にできるなんて。帰ったら、二号を相手に
祝杯を挙げよう。あさひは今にもにやけそうになるのをこらえながら、そう決意する。

だが——そのときだった。

ぴんぽーん、という音が響いた。

マンションのエントランスのインターホンを、誰かが鳴らしたのだ。

あさひはなんとなく嫌な予感を覚えた。

これまでも何度かあのインターホンが鳴るのを耳にしたことはある。そしてその度に、何らかの厄介事が持ち込まれたものだった。まさか今回も、という気持ちで、あさひは壁際に設置されたモニタに目を向ける。高良《たから》だろうか、菫《すみれ》だろうか、それともまさか刑事だろうか。

だが、モニタに映っているのは知らない男性の顔だった。彫りの深いハンサムな顔立ち。淡い色の髪。どう見ても日本人ではない。

御崎禅が少し眉をひそめて立ち上がり、モニタに歩み寄る。ボタンを押し、

「誰です？」

そう問いかけると、モニタの中の男性が口を開いた。

「Zane?《ゼイン？》 It's me.《私です。》 Alex《アレックスです》」

「……Alex!?《アレックス!?》 Why are you here?《なぜあなたがここに？》」

御崎禅が驚いた声を出す。知り合いか、とあさひが思ったときだった。

モニタから、別の声が聞こえた。

「Boo!《ばあ！》 Surprise!!《驚いただろ!!》」

女性の声だった。あさひの位置からではもう御崎禅の陰になってモニタは見えないが、隠れてもう一人いたらしい。随分と陽気で明るい声だ。サプラーイズ、と大きくのばした発音は、まるでアメリカのドラマや映画でよく見かけるサプライズパーティーの掛け声みたいだ。そのまま女性は、ヘーイ、オープンザドアー、ハリアーップ、などとモニタ越しに騒ぎ続けている。何だろう、パリピの襲来だろうか。

しかし、それに対する御崎禅の反応は、どうにもおかしかった。

「……御崎先生？　どうなさったんですか」

絶句してモニタの前に立ち尽くしている御崎禅に、あさひは恐る恐る声をかける。

御崎禅は茫然《ぼうぜん》とした様子でこちらを振り返り、

「瀬名さん。……すみませんが、打ち合わせはまた後日にさせてください」

「えっ？　あ、はい、お客様が来たのでしたら仕方ないですね」

「客というか──『母』が来ました」

片手で口元を覆うようにして、御崎禅が言う。その顔には戸惑いの色が濃い。キッチンから出てきたルーナが、その足元に歩み寄り、きゅっと御崎禅の上着の裾《すそ》を握る。やりとりを聞いていたのだろう、ルーナの顔にも困惑の表情が浮かんでいた。

そんな二人の様子に、あさひはにわかに不安になった。この二人の困惑ぶりはどうしたことだろう。御崎禅の母親というのは、そんなにも怖いひとなのだろうか。

というより。

「え、待ってください、御崎先生のお母様って、まだご存命だったんですか⁉　それはその、なんというか……すごく、長生きですね？」

御崎禅が吸血鬼化したのが厳密にいつなのかは知らないが、母親がまだ生きているなんてことがあるのだろうか。

あさひの疑問に、御崎禅が答える。

「瀬名さんが考えている母親の方でしたら、もうとっくの昔に死んでますよ。そうではなく——僕を吸血鬼にした者です」

それもまた『母』と呼ぶのだと、御崎禅は言った。

訪問者達は、それから程なくして御崎禅の部屋に上がってきた。

りんごんりんごんりんごん、とインターホンが連打される。『母』とやらはせっかちな性格らしい。

　普段、客の出迎えはルーナの役目なのだが、さすがに今回は御崎禅が自ら玄関まで行った。あさひとルーナも、なんとなくそれについていく。

　御崎禅が扉を開けた途端のことだった。

「Zane!《ゼイン！》」

　鈴を振るような澄んだ声が御崎禅をそう呼び、あさひは一瞬、息を吞《の》んだ。

　ゼイン、と聞こえた。

　……知らない名前だった。

「Zane! It's been ages!《ゼイン！ひさしぶりだな！》」

　早口にそう言いながら、銀色の女神が両腕を広げて飛び込んでくる。しなやかな腕は、そのまま熱烈な様子で御崎禅を抱きしめた。

　そう——それはまさに、女神のようなひとだった。

　ゆるやかに波打つ長く豪奢《ごうしゃ》な銀の髪。両の瞳は見たこともないような美しいシルバーグレイだった。綺麗《きれい》に鼻筋の通った鼻は高く、形の良い唇はふっくらとしていて、華やかな美貌《びぼう》はそのままハリウッド映画に出せそうなほどだ。格好もまるで海外の女優のようで、身にまとった純白のパンツスーツは間違いなくオーダーメイドだし、耳や首元を飾る金のジュエリーもいかにも高価そうである。見た感じは二十代後半から三十代前半といったところだが、吸血鬼の外見年齢にあまり意味はないだろう。

彼女に抱きしめられたまま、御崎禅が口を開いた。

「Sylvia, why《シルヴィア、どうして》――」

すると彼女は、御崎禅から少しだけ身を離した。

悪戯《いたずら》っぽく笑って、彼の唇に人差し指を押し当てる。

「First of all《とりあえず》――give me your blood《血をよこせ》, my son《息子よ》」

彼女はそう囁《ささや》くと、御崎禅の首筋を己の方に引き寄せた。

紅い唇の端から真っ白な牙《きば》が覗《のぞ》き、シルバーグレイの双眸《そうぼう》が赤く燃える。

はっとしたあさひが止める間もなかった。

彼女は、御崎禅の首にその牙を埋《うず》めた。

「……っあ……」

小さく、御崎禅があえいだ。

ひくりとその背中が震え、力が抜けたように御崎禅は床に両膝《りょうひざ》をつく。彼女はその動きに合わせて自らも膝をつき、なおも御崎禅の首に吸血鬼の口づけを与え続ける。深く、深く埋まった牙。紅い唇が、愛《いと》おしむように御崎禅の白い首筋に押し当てられる。ごくり、と生々しく彼女の喉《のど》が鳴る。御崎禅は抗《あらが》うことなく彼女に身をまかせ、かすかな吐息を漏らした。

その様はひどく官能的で、あさひは御崎禅に血を吸われたときのことをつい思い出してしまった。鋭い牙が肌を噛《か》み破った痛みの後の、指先まで甘く痺《しび》れるような快感。捕食されているというよりも、それはまるで違う行為のように思えて——……そこまで考えて、あさひは内心でぶんぶんと首を横に振った。自分は一体何を考えているのだ。あれは救命活動であり、非常食をどうぞと差し出したようなものだ。決してそれ以上の意味などないのだ。そう自分に言い聞かせて、熱くなりかけた頬を冷ます。

と、そのとき、あさひは御崎禅と彼女の傍らにもう一人、別の人物が立っているのに気づいた。最初にモニタに映った男性だ。御崎禅は、アレックス、と彼のことを呼んでいた気がする。

モニタで見たときからハンサムだとは思っていたが、こちらもまた映画の主役が張れるほどに整った容姿である。黒いスーツ姿で、首筋を覆うように赤いアスコットタイを着けていた。すっきりと整えて後ろに撫《な》でつけた髪は金色で、くっきりと濃い眉《まゆ》の下の目は青空と同じ色をしている。見た目は二十代くらいで、夏樹と同じくらい背が高くガタイもいい。びしりと姿勢正しく立つ姿はまるでシークレットサービスのようだが——問題は、その表情だった。なぜかきつく眉をひそめ、歯軋《はぎし》りせんばかりの表情で、御崎禅と彼女を見下ろしているのだ。

ふと傍らに目をやると、ルーナもまた両の手を拳《こぶし》の形に握りしめながら、同じような表情をしている。目の前で抱き合う二人に今にも飛びかかりそうな様子だ。

何だどうしたという気分で、あさひがとりあえずルーナをなだめようとしたときだった。

「……うん。だいぶ血が薄いな、ゼイン！」

ようやく彼女が御崎禅の首筋から顔を上げ、ぺろりと己の唇を舐《な》めて言った。

日本語だった。

「日本人は清貧を美徳とするんだったか？　しかし、もっとまともな食事をとった方がいいぞ。母は心配だ」

「……シルヴィア。日本では、そうそう生き血など飲めないんですよ」

はあ、と息を吐き出した御崎禅が、彼女に向かって言う。首にできた二つの小さな傷から二筋、赤い血が流れていた。

すぐにルーナがその傷にハンカチを押し当てる。小さな手でそのハンカチを押さえたまま、ルーナはシルヴィアと呼ばれた彼女を見上げ、ふしゃーっと唸《うな》り声を上げた。

御崎禅がルーナを抱え込むようにして押さえる。

「ルーナ、やめなさい」

「ふふ、よいよい。従者はそのくらい、忠義深くて嫉妬《しっと》深い方がいい。――なあ、そうだろう？　アレックス」

にやりと笑って、シルヴィアが傍らの男性を見た。

さっきまで滅茶苦茶《めちゃくちゃ》悔しそうにしていたアレックスは、すっと澄まし顔になると、シルヴィアに片手を差しのべた。

「シルヴィア様。空腹なのでしたら、後程私が」

若干発音に怪しいところはあるが、こちらも日本語だった。

シルヴィアはその手を取って立ち上がり、

「そう妬《や》くな、アレックス。今のは情報をもらっただけだ。なにせ最後に会ってから百年以上経ってるからなあ、積もる話がありすぎて、普通に会話したんじゃ我々の滞在期間が終わってしまう。しかし、母としては我が子の来し方は知っておきたい」

そう言って、シルヴィアはまだ床に膝をついたままの御崎禅を見下ろした。

「我々吸血鬼にとっては、血のやりとりはそのまま情報のやりとりだ。おかげでこの通り、この国の言葉も話せるようになった。必死に日本語を学んだお前には悪いがな」

「私は、主《あるじ》と同じ言語を話していたいだけです」

アレックスが言う。

あさひはわけがわからず、御崎禅とシルヴィアを見比べた。

御崎禅が立ち上がりながら、説明してくれる。

「血液というのは、人間が思っているよりも多くの情報を含んでいるんですよ。少なくとも、我々吸血鬼にとってはね。相手の血液を飲むことで、吸血鬼は相手の記憶や知識を己に取り込むこともできるんです」

「え――ええええっ？」

ということはもしかして、あさひの記憶や知識も、御崎禅の中に取り込まれてしまったのだろうか。

あさひの思考を読み取ったのか、御崎禅は曖昧《あいまい》に視線をそらし、

「……いえ、まあ、ざっくりとですよ。瀬名さんが思っているほどの詳細情報では」

「いいや？　本のページをめくるように、我々は相手の記憶を読むぞ？」

御崎禅の言葉を遮り、にやにやしながらシルヴィアが言う。

じゃあやっぱり、とあさひは思わず両手で顔を覆った。

恥ずかしい。高校時代に御崎禅の本を求めて書店に走った過去も、御崎禅の本を周囲に布教して回った日々も、あわよくば御崎禅に会えるかもという理由で希央社を志望したことも、丸ごと全部ばれたということではないか。せめてもの幸いは、血を吸われたのが例の夢を見始める前だということだ。あんな夢を見ていることまで知られたなら、もう死ぬしかない。

「いえ、あの、瀬名さん、そんな気にするほどのことでは」

珍しくおろおろした様子で、御崎禅があさひに何か言おうとする。

が、あさひはいたたまれない気分のまま、じりじりと玄関扉の方に移動して、

「……あの、わたし、そろそろ帰りますね。お母様とのひさしぶりの再会を邪魔するわけにもいきませんし……」

そのときだった。

突然、シルヴィアがあさひの腕をつかんだ。

びくっとして振り返ったあさひを見つめて、シルヴィアが言う。

「まあ待て。コートも着ず、荷物も持たずに帰るつもりか？」

「あっ、すぐに取ってきます、そしてすぐに帰ります！」

「だから待て。ゼインが本を出している出版社の人間なのだろう？　私はお前とも話をしてみたい」

あさひの腕をつかんだまま、シルヴィアはにっこりと笑った。

「なあ、いいだろう？――瀬名、あさひ」

「シルヴィア！」

なぜか御崎禅が、少し焦ったような声を出した。

だが、シルヴィアは意に介した様子もなく、そのままあさひを強引に引きずって、リビングの方へと歩いていってしまう。力が強い。

「え、あの、すみません、わたし帰ります帰ります帰してくださいーっ！」

「はっはっは、そう言うな。息子が普段世話になっているんだ、母として挨拶《あいさつ》せねば」

「シルヴィア！　瀬名さんは帰ると言ってるんですよ」

「何を照れている、ゼイン。ああ、今は禅と呼ぶべきか？　母に紹介くらいしろよ。

──ああ、ルーナ。紅茶を入れておくれ、おいしい茶葉を土産に持ってきたんだ。アレックス、さっさと土産を出せ」

ずるずるとソファまで引きずられながら、あさひはすぐ下の階にいるはずの夏樹に心の中で助けを求めた。今すぐ来てほしい。あさひ一人ではとても太刀打ちできそうにない。御崎禅にどうにもできないものを、夏樹がどうにかできるとも思えないが。

──母は強し、ということなのかもしれない。どの国においても、どの種族においても。

結局、さっきまで御崎禅と打ち合わせをしていたリビングで、あさひは母子のひさしぶりの会話になぜか参加させられることになってしまった。

ソファには、御崎禅とあさひ、そしてシルヴィアとアレックスが座っている。ルーナは、紅茶とお茶菓子を出した後は、キッチンに引っ込んでしまった。といっても、完全に姿を隠したわけではなく、カウンターの陰から顔を出して静かにシルヴィアを威嚇している。それに対し、アレックスがガンを飛ばして応戦しているのが何とも言えなかった。見た目はまるで違う二人だが、なんだか似た者同士な感じがする。

「さて、あさひのために、きちんと自己紹介をしておこうか」

ルーナが入れた紅茶を一口飲んで満足げに笑い、シルヴィアはあさひを見てそう言った。

「私はシルヴィア。ここしばらくは、シルヴィア・ウィンスレットと名乗っているな。そこにいる禅を吸血鬼に変えた者だ。――そして、ここにいるアレックス・ファロンは、私に仕える人間だよ。禅、お前も会うのは初めてだろう？　電話では前に話していたが」

傍らに座るアレックスを視線で示し、シルヴィアが言う。

ルーナと睨《にら》み合いを続けていたアレックスが、途端に澄まし顔に戻った。御崎禅とあさひに向かって、軽く会釈してみせる。あさひも慌てて頭を下げた。そうかこのひとは人間なんだなと思う。美形なので、てっきり彼も人外の存在かと思っていた。

そういえば、アレックスという名前には聞き覚えがあった。

人狼《じんろう》事件の際、御崎禅はアメリカの知人に電話で情報提供を求めていた。あのとき御崎禅が電話で話していた相手が、確かアレックスだったはずだ。おそらくシルヴィアが、アレックスを介して情報をくれていたのだろう。

「アレックスの一族は、代々私の一族に仕えてくれている。なにせ我々は、日中は行動するのが難しいからな。代わりに外での仕事を片付けたり、身の回りの世話をしたりする者が必要なのだよ。禅のように、猫の使い魔一匹しか傍に置かない吸血鬼というのは珍しいんだ」

シルヴィアがそう言って、まるで愛玩《あいがん》するようにアレックスの頬をするりと撫《な》でた。

「……勿論《もちろん》、時には血の提供もしてもらう」

シルヴィアがアレックスの頤《おとがい》に指をかけ、ついと持ち上げる。

アレックスの首元は、アスコットタイで隠れて見えない。だが、おそらく――そこには、シルヴィアによる噛《か》み傷があるのだろう。

「このアレックスは、幼い頃から私のものになることが決まっていてな。私しか女を知らないものだから、少々嫉妬深いんだ」

くすくす、とシルヴィアが笑う。なかなかに際どい話題が出たように思うが、アレックスは当然のことだというような顔をしていた。日本とアメリカとでは、人と人ならざるものの関わり方も随分と違うようだ。

御崎禅が言った。

「それにしても、なぜ日本に？　いくらなんでも急すぎませんか、せめて連絡くらい事前に寄越《よこ》してくれてもよかったのでは？」

「なに、この前少し電話で話したら、ひさしぶりに我が子に会いたくなってな。どうせならサプライズを仕掛けたくて、羽田《はねだ》にプライベートジェットで乗りつけたんだ。びっくりしただろう？」

シルヴィアがどうだと胸を張る。

が、あさひとしては、プライベートジェットで乗りつけたという言葉の方にびっくりした。確かにどこの海外セレブかというような見た目だけれども。

御崎禅があさひの方を向き、説明してくれた。

「シルヴィアの一族は、昔からアメリカの政財界と深いつながりがあるんですよ。あの国の歴史を陰から支えてきた闇の一族の一つで、大きな財団も持っています。僕が日本に渡るときにも、シルヴィアが様々な伝手《つて》をたどって手配してくれました」

「アメリカは元が移民の国だからな。人も化け物も種々雑多に入り乱れ、力あるものが上に立つようにできている。我々には暮らしやすい国だよ。禅も、いつでも戻ってくるといい。……この国は、随分とお前をいじめているようじゃあないか」

シルヴィアが御崎禅の手首に目をやり、片方の眉《まゆ》だけ上げてみせる。

御崎禅は腕輪を隠すように手で覆い、言った。

「別にいじめられているわけではありませんよ」

「そうか？　記憶を見る限り、山路とかいう奴にはいじめられているようだったがな。私が文句を言ってやろうか？」

「やめてください。母親にかばわれて恥ずかしくないんですか、と嫌味を言われそうです」

御崎禅が顔をしかめた。

「山路さんの性格は、今更シルヴィアが何か言ったところで修正しようがないほどに、歪《ゆが》み腐って蛆《うじ》が湧きまくっているんです。近寄ると異臭がするかもしれませんので、しいて顔を合わせる必要はありません」

「……私はますますお前のことが心配になってきたよ、禅。そんな奴のもとで仕事をするのはやめたらどうだ」

「昔の恩人との約束なので、そうもいかず」

「律儀な性格だな、相変わらず。……お前は本当に変わらない」

くすくすと、またシルヴィアが笑う。どこか嬉《うれ》しそうな表情で。

そしてシルヴィアは、場の空気を変えるように、ぱんと両手を打ち鳴らした。

声を弾ませながら、御崎禅に向かって言う。

「さて、禅！　私はしばらく日本にいるつもりなんだが、勿論お前は母と遊んでくれるな？」

「……はい？」

「せっかく日本に来たんだ、観光がしたくてな。買い物もしたい。付き合ってくれるな、禅。異捜とやらの仕事からは解放されているのだろう？」

「……それはそうですが」

御崎禅が少し困った顔をして、あさひの方を見る。

あさひは急いで「駄目！」「打ち合わせ！」「原稿！」と目でメッセージを送った。

が、返ってきたのは、「申し訳ありません」と言わんばかりの表情だった。そんな、とあさひは内心で頭を抱える。

とはいえ、ある意味これは家庭の事情というやつである。普段他の作家とやりとりしていても、家庭の事情で今は書けませんと言われてしまったら、編集者としてはあまり強くも言えない。

まあ仕方ないかと、あさひは肩を落としつつも己を納得させた。御崎禅の本は別に刊行予定が決まっているわけでもないのだし、ひさしぶりの『母子』の時間を邪魔するのも無粋な話だ。シルヴィアだって別にずっといるわけでもないのだから、彼女の帰国後に、あらためて御崎禅とさっきの打ち合わせの続きをすればいい。

そう——思っていたのだが。

「……まさか、まさか半月以上経っても全く一向にこれっぽっちも帰る気配がないなんて、思わないじゃないですかあ……！」

テーブルに突っ伏し、あさひはわあんと泣きたい気分でそう吐露した。

向かいの席に座った桐野香苗《きりのかなえ》が、苦笑いしながら品書きを手に取る。

「大変ですね、あさひさん。とりあえず今日は何か甘いものでも食べて、気晴らししましょう？　ほら、期間限定の『桜もちパフェ』がオススメですよ。それとも定番の抹茶ロールケーキにします？」

「うう……糖分は正義……」

香苗が広げてくれた品書きに目を向けながら、あさひはそう呟《つぶや》く。日々の暮らしに疲弊した心を癒《いや》すのは、女子トークとスイーツと相場が決まっているのだ。

土曜日の夕刻、吉祥寺《きちじょうじ》にある和カフェ『たから』の店内である。

女性を中心に人気の店で、週末の今日は店の外にも少し行列ができている。が、店の一番奥にあるすだれに囲まれたボックス席は、常に御崎禅のために確保されている『禅専用♥』の予約席だ。店長の九条《くじょう》高良の厚意で、御崎禅がいないときにはあさひも利用していいことになっている。甘いものと香苗のふんわりした笑顔に癒されたくて、ついふらふらとやってきてしまった。

紺の作務衣《さむえ》を身にまとい、腰近くまである長い髪をシュシュで束ねた香苗は、この店の従業員の一人だ。ちょうど休憩に入るところだったのだそうで、『禅専用♥』シートに収まったあさひに付き合って、向かいに座ってくれている。笑顔の優しいひとで、香苗といるとあさひはいつもなんだか温かい気分になるのだ。

「ちょっとあさひちゃん、禅ってば近頃全然顔見せてくれないけど、どうしてるの？　元気にしてるのかしら、アタシ心配だわ！」

注文を取りに来てくれた高良が、口を尖《とが》らせてそう言った。

赤い作務衣を身にまとった高良は、この店の名物店長だ。長い黒髪をうなじで束ねたすっきりした和風の美形だが、喋《しゃべ》り口調は完全にオネエである。その正体は狐の変化だそうで、御崎禅とは昔から懇意にしているらしい。

「御崎先生は……そうですね、だいぶお疲れのご様子ですね……」

「あらやだ、それは困ったわね、今度お店に来るように伝えといて？　アタシがありとあらゆるコトして癒してあ・げ・るって！」

「……カフェですよねここ？」

うふんとウインクして厨房《ちゅうぼう》の方へ去っていく高良を見送り、あさひはまたテーブルに突っ伏したい気分になる。

シルヴィアが来たのが二月下旬だ。あれから季節は順調に春に向かい、来週くらいには桜も咲き始めるのではないかという時季になった。

シルヴィアは、余程日本が気に入ったようだ。高級ホテルに宿泊し、連日御崎禅を連れてあっちこっち出かけまくっている。都内ならば銀座、表参道原宿《おもてさんどうはらじゅく》で買い物三昧《ざんまい》、近場で足をのばして横浜鎌倉江の島《よこはまかまくらえのしま》、先週は泊りがけで京都奈良にも行ったらしい。

なぜそんなことをあさひが知っているのかといえば、シルヴィアが出先での写真を頻繁に送りつけてくるからである。

最初に顔を合わせたときに連絡先を聞かれたので、メールアドレスを教えておいたのだ。何を思ってシルヴィアが写真を送ってくるのかは不明だが、海外セレブのインスタとしか思えないような映え写真の中で、着々と御崎禅の顔に疲労の色が濃くなっていくのがあさひとしては心配だった。そもそもあの作家先生は、普段そこまで活動的なタイプではないのだ。……まあ、これまで一枚も持っていなかった御崎禅の写真を思わぬ形で入手できたのは、ちょっと嬉しかったりもするけれど。

いや、しかし、これは結構深刻な問題なのだ。

「こ、このままだと、御崎先生の休暇期間が終わってしまうかも……そしたらまた異捜の仕事がどかどか来るんですよ、原稿どころじゃなくなるんですよ、せっかくちょっと乗り気になってくれてるっていうのに！」

あさひは頭を抱えた。

ただでさえモチベーションがぐらんぐらんになっている作家なのだ。やる気を出してくれている間に畳みかけないと、永遠に原稿など上がらない。一応編集長には御崎禅の現状を伝えてはあるのだが、「あー……まあ、『親』が来たなら仕方ないけど……

でもねえ……」と大変渋い顔をされてしまった。

「あさひさんあさひさん、しっかりしてください！　ほらっ、桜もちパフェがきましたよ、可愛いですよ、おいしいですよ！　食べましょう！」

　香苗が励ましてくれる。

　テーブルに置かれたパフェは、確かに可愛らしかった。てっぺんに、桜の形をしたピンク色のチョコと、小さな桜もちが飾られている。あさひはとりあえず写真を撮り、少し悩んでから、シルヴィアからのメールに返信する形でパフェの写真を送っておいた。これで『たから』に興味を持ってもらえたなら、御崎禅を伴って店まで来てくれるだろう。御崎禅を連れてこいという高良の希望も叶《かな》えられる。

　まずはてっぺんの桜もちを一口でたいらげ、パフェ用の長いスプーンで桜風味のアイスを切り崩し始めたあさひを見ながら、香苗がまた口を開いた。

「そのシルヴィアさんって方、どんな方なんですか？　やっぱり御崎さんと似ていらっしゃるんですか？」

「いや、別にシルヴィアさんが御崎先生を産んだわけじゃないので、顔は似てませんけど……美女ですね、とにかく」

　あさひはそう言って、香苗にシルヴィアの写真を見せた。

　香苗は写真を一瞥《いちべつ》して、わあと感嘆の声を漏らし、

「確かに美しい方ですねえ……これはあさひさん、気が気じゃないですよね」

「そうなんですよ、シルヴィアさんがあちこち連れ回すせいで先生の原稿が」

「え、それだけじゃないでしょう？」

「え？」

香苗がきょとんとしたように目を丸くしたので、あさひも思わずきょとんと香苗を見返す。

香苗は少し首をかしげるようにして、

「あさひさん。……原稿のことはとりあえず脇に置いておいて、ですよ？」

「はい？」

「シルヴィアさんに御崎さんを取られちゃって悔しいとか、思わないんですか？」

「悔しい……？」

香苗に言われて、あさひは己の心の中をあらためて振り返ってみる。が、御崎禅を取られて悔しいというのは、どうにも当てはまらない気がする。取られて悔しいのは御崎禅の執筆時間だけである。

するとと香苗はますます首をかしげて、

「でも、だってあさひさん、御崎さんのこと好きですよね？」

「えっ？……ええええっ、香苗さん、それは違いますよ！」

あさひは思わずそう叫び、直後にここが店の中であることを思い出して、慌てて己の口を押さえた。いくらこの席が他の席から離れているといっても、さすがに迷惑になる。

必死に声のボリュームを落として、あさひは香苗に言った。

「それはっ、それはないです、そりゃ担当作家として大事には思ってますし、ファンとして心の底から敬愛はしてますけど、それ以上の気持ちはないですよ⁉　ていうかそんなの持ったら駄目です、畏《おそ》れ多いし失礼です！」

「あらやだよかった、あさひちゃんがアタシのライバルじゃなくて。でも店の中ではもう少し静かにね」

通りかかった高良がすだれの隙間から顔を出し、そう言って去っていく。「すみません」とあさひはそれに返す。

香苗は綺麗《きれい》な目をぱちぱちとまばたきさせて、

「え、そうだったんですか？　私はてっきり、あさひさんは御崎さんにラブなんだと思ってたんですけど」

「ら、ラブって……香苗さんでもそういうこと言うんですね」

「あれ、おかしいですか？　あ、もしかして、最近は使わない言葉だったりします？　死語とかそういうの、長く生きてるとよくわからなくなっちゃって」

少し恥ずかしそうに、香苗が言う。

香苗もまた、人外の存在だ。見た目は普通の人間の女性と変わらないのだが、飛頭《ひと》蛮《ばん》という種族である。激しく動揺したりすると、首が胴体から抜けて飛び回ることがあるため、やはり人外の存在である高良のもとで働くようになったのだ。

「私、あさひさんと御崎さんなら、きっと素敵な恋人同士になると思っていたんですけど……お二人なら、種族が違っていても一緒にいられるんじゃないかなって」

寂しげな笑みを浮かべて、香苗が少し目を伏せる。

二人なら、というその言葉が誰と比べた末のものなのかがわかってしまって、あさひは胸の奥にどうしようもない痛みを覚える。

香苗はかつて、門脇久《かどわきひさし》という作家と恋人同士だった。あさひの担当作家の一人だ。門脇久は、香苗が人ではないことを知らずに彼女と付き合っていて——結局、彼が彼女の正体を知ったときが、二人の別れのときとなってしまった。

現在、門脇久の中から、香苗に関する記憶は消去されている。もう彼は香苗と道ですれ違っても、気づくことすらない。

異捜が、御崎禅が持つ暗示能力を使って、そのように『処理』したからだ。

でも、あさひは今でもよく考える。

二人が恋人のままいられる未来はなかったのだろうかと。

もう少し——違うやり方をしていればよかったのではないかと、苦い後悔と共によく思う。

人と、人ならざるものの恋愛は、たやすくは実らないという。

だが、人ならざるもの達と自分達とで、何がそこまで違うというのだろうか。

見た目や能力に違いがあるのはわかるが、心の在り様にまで違いがあるとは思えない。香苗も高良も御崎禅も、人のように人を好きだと言ってくれる。

勿論《もちろん》、人ならざるもの達が起こす怖い事件にも、あさひはこれまで何度か遭遇してきた。のっぺらぼうも人狼《じんろう》も恐ろしかった。

けれども、彼らの心は、そこまで人間と違っていただろうか。そんなことはなかったと、あさひは思う。

何より、御崎禅の書いた小説にこれだけ多くの人々が心動かされるのは、彼の心が人と変わらない証拠だと思うのだ。

人と、人ならざるものの違いとは、何なのだろう。

「香苗さん。わたしは、香苗さんのこと大好きですよ」

あさひは香苗を見て言った。

香苗があさひに目を戻し、あは、と笑う。

「もう、急に何言ってるんですか。今はあさひさんと御崎さんの話をしてたんですよ」

「いえ、なんとなく」

「私だって、あさひさんのこと大好きですよ。ずっとずっと……あさひさんが死んでしまった後でも、私はいつまでも好きだし、いつまでも覚えてます」

香苗はそう言って、目を細めた。

柔らかく響いたその言葉は、けれど意外なほどの重さを持って、あさひの中に落ちた。パフェ用の長いスプーンを握りしめたまま、ああそうかとあさひは思う。

あさひがいつか年を取って死んでも、香苗はきっと今の姿と変わらぬまま生き続けているのだろう。人ならざるもの達は、年を取ることもなく、永い永い時を生きる。

人と人ならざるものに違いがあるとするならば、それだ。

いつまでも一緒にいようねと約束しても――いつか必ず、別れは来るのだ。

「あさひさん。……パフェ、溶けちゃいますよ」

「あっ、あああ、いけないいけない」

見ると、握りしめたままだったスプーンの先から、溶けたアイスが滴となって垂れていた。ぼんやりしていないで、パフェをたいらげる方に専念した方がよさそうだ。

あさひは淡いピンクのアイスをすくって口に入れた。桜の風味をつけたアイスは舌の上でさらりと溶け、独特の甘い香りが鼻へと抜けていく。

「うん、おいしい！」

「よかった。そのパフェ、実は私が考えたんです」

あさひの反応に、香苗がえへへんと可愛らしく胸を張ってみせる。やけに熱心に勧めてくると思ったら、そういうことだったらしい。

パフェの良いところは、一つのメニューで様々な味を楽しめるところだ。アイスの下から、上品な甘さの小豆《あずき》やつぶつぶしたあられ、抹茶味のゼリーなどを掘り出しては、あさひはぱくぱくと食べていく。その様を、香苗はにこにこしながら見守った。

テーブルの上に置いていたスマホが震えたのは、ちょうど食べ終わった頃だった。

電話だ。御崎禅の名前が表示されている。

あさひは慌てて電話に出た。

「はい、もしもし、瀬名です」

『やあ、あさひ！　私だ』

だが、電話から聞こえてきたのは御崎禅の声ではなく、シルヴィアの声だった。

「え？　シルヴィアさんですか!?」

『禅からの電話じゃなくて悪かったな。まだ『たから』にいるのか？』

シルヴィアが歯切れよく喋《しゃべ》るのが聞こえる。先程シルヴィアに送ったメールに、「吉祥寺にある和カフェ『たから』のパフェです」と書き添えておいたのだ。

「あ、はい、まだいますけど……」

『そうか！　それじゃあ、今から迎えに行くから。もうあとちょっとで着くぞ』

「はい？　迎えに行くって、着くって、どういう」

『──おい、禅！　向こうに見えてるあれがその店か？　そうかそうか、じゃあもう着いたぞ、あさひ！　外で待ってる！』

「え？　え？　えええええ？」

一方的に通話が切れたスマホを握りしめ、あさひはまず時刻を確認した。十六時半。すだれを少し上げて、窓の方を見てみる。やはりまだ陽は沈んでいない。この時間に、来るというのか。

とにかく会計を済ませ、香苗に別れを告げて、外に出てみた。

外には、大きな白いリムジンが停まっていた。

座席の窓は全てスモークガラスになっているうえに、カーテンまで閉まっているようだ。カフェの外に行列を作っている客達が、物珍しそうに車を眺めている。

と、リムジンの扉が開き、夏樹がひょいと顔を覗《のぞ》かせた。

「あさひちゃん、やっほー」

夏樹はいつものスーツ姿ではなく、ゆるっとした感じの黒のニットを着ていた。今日は仕事は休みらしい。

「え、夏樹さん？　何で……」

「説明は中でするから、とりあえず乗って。あんまり車内に日光入れたくないんだ」

夏樹が言う。やはりシルヴィア達も車の中にいるらしい。この窓やカーテンは、陽光を嫌う吸血鬼のための仕様なのだろう。

わけもわからぬままあさひが車に乗り込むと、夏樹がすぐに扉を閉めた。その直後に車が走り出す。

なんだか高級車に拉致《らち》されたような気分のあさひに、夏樹が言った。

「あさひちゃん、大丈夫？　別にこれ誘拐とかじゃないから安心して」

「はあ、それはよかったです……ていうか、リムジンって初めて乗ったんですけど、本当に映画やドラマのままなんですね……」

車の中を見回して、あさひはそう呟いた。

広々とした車内に巡らされた革張りのラウンドソファといい、備え付けのバーカウンターといい、なんだかきらきらした照明といい、どこを見てもゴージャスでラグジュアリーすぎる空間である。映画の中に入ったかのような非日常感があって、あさひはちょっと感動した。が、ものすごく素直な感想を述べてもよければ、ラウンドソファというのは扉のすぐ近くに座ると進行方向に対して横向きになるので、少々落ち着かない。急な坂道にでもなったら、ざざーっとお尻がシートの上で横滑りしそうだ。

「あさひ。さっきは写真をありがとう」

奥のソファに長い脚を組んで腰掛けたシルヴィアが、そう言ってにっこりと笑った。今日はペールブルーのワンピースの上に白の毛皮のコートをお召しだ。このゴージャスな空間に全く負けない、女王様のようなゴージャスぶりである。その手には、当然のようにシャンパングラスが握られている。隣に侍《はべ》るアレックスの手には、大粒の苺《いちご》が山盛りに盛られたガラスの器があった。苺を食べるとシャンパンの味が引き立つ、というのは『プリティ・ウーマン』に出てきた台詞だったただろうかと、あさひはそんなどうでもいいことを考える。目の前の光景がセレブすぎて、いまいち頭がついていっていない。何しろこちとら生まれも育ちも庶民なのだ。

そして、ソファの隅っこの方には、上着をかぶって眠る御崎禅の姿があった。

夏樹が言った。

「……えっと、御崎から、あさひちゃんに伝言なんだけど。『僕のことはいないものと思ってください』、だってさ」

「ああ……そうですよね、普段だったらまだ寝ていらっしゃる時間ですものね……」

と、あさひの声に反応してか、御崎禅がかすかに瞼《まぶた》を持ち上げて、こちらを見た。

だが、その目はすぐに力なく閉じられてしまう。よく見ると、薄く隈《くま》ができているのがわかった。なんというか、いたわしすぎる。

「禅は体力がないなあ。やっぱり普段ろくな食事を摂《と》っていないからだろう。そんなにひ弱じゃ、遊ぶのにも不自由するぞ」

くっくっと笑いながら、シルヴィアがグラスを傾ける。こちらは元気一杯だ。

それにしても、これは一体どういう事態なのだろう。なぜあさひまでこんなセレブツアーに巻き込まれているのか。

あさひはシルヴィアに尋ねた。

「あのー……この車、どこに向かってるんですか？」

「箱根《はこね》」

あっさりと、シルヴィアがそう答える。

「箱根!? 何でまた」

「せっかく日本に来たんだから、温泉に入ってみたくて」

言いながら、シルヴィアがスマホを取り出した。

ちらと画面を見て、少し眉《まゆ》をひそめる。メールかメッセージが入ったらしい。

短く返信し、シルヴィアはまた話を続けた。

「禅にオススメの温泉はないかと訊《き》いてみたが、普段行かないからわからないと言われてな。そこにいる夏樹に訊いてみたら、箱根が近くて良いと言われた。……が、いまいち日本の温泉の作法というものがわからなくてなあ。だから、あさひにも来てもらおうと思って」

「な、何でわたしですか⁉」

「日本の温泉は、基本は男女別々だろう？　混浴のところを探そうかとも思ったんだが、アレックスが絶対駄目だと言うし」

「当然です、シルヴィア様のお体を下賤《げせん》な男どもの目にさらすなど許されません」

不満げにぼやいたシルヴィアに、アレックスがきっぱりと言う。

シルヴィアは肩をすくめ、

「しかし、アレックスと一緒に入れないとなると、私一人ではちと不安だし、つまらないじゃないか。ルーナを連れて入ろうかとも思ったんだが、あの子は長湯が苦手らしくてな。温泉なんて行きたくないと言い張られた。そうなると、私の世話役はあさひしかいないだろう？」

「いやあの、そんな当然のことのように言われましても……あ、確か、家族風呂《ぶろ》的なやつなら貸切にできたり、お部屋に露天風呂ついてたりする宿もありますよ？　水着で入れるところもありますし、そういうところならアレックスさんとでも」

「そういうのじゃなくて、大きくてクラシックな温泉に入りたいんだ」

シルヴィアがまたスマホを操作し、ここがいい、と画面を見せてくる。

表示されているのは、箱根湯本《ゆもと》にある大型の日帰り温泉施設だった。広々とした大浴場の他に、露天風呂やら岩風呂やらサウナやら色々あるらしい。

しかし困ったな、とあさひは思う。『たから』に行くだけのつもりで家を出てきたから、鞄《かばん》の中には財布とスマホくらいしか入っていないのだ。今から温泉と言われても、メイク道具も着替えもない。

するとアレックスが口を開いた。

「ご迷惑なのは承知していますが、お受けいただけませんか？　あさひさん」

発音は少々怪しいとはいえ、とても丁寧な口調だった。

「私の役目は、主人の希望を極力叶《かな》えることです。でも、これぱかりはあなたに頼るしかなく……よろしくお願いします」

そう言って、アレックスが深々と頭を下げてくる。

あさひは少し慌てて、

「え、あの、頭を上げてください、アレックスさん」

「──本当は、その施設をハラキリにしたかったのです」

あさひに言われて頭を上げたアレックスが、真面目な顔で何やらとんでもないことを言った。

夏樹がぶっと吹き出しかけたのをこらえて、横を向く。隅っこの方で上着をかぶって寝ているはずの御崎禅の肩が、ぴくりと震えた気がした。

が、アレックスは真っ直ぐにあさひを見つめたまま、真摯《しんし》な口調で続ける。

「しかし、急遽《きゅうきょ》予定が立ったことと、週末ということもあり、今からでは手配が不可能でした。そのため、やむなくあさひさんにシルヴィア様のお世話をお願いするより他なかったのです」

「は、はあ、そうですか……でも、あの、アレックスさん。一ついいですか？」

「何でしょうか」

「ハラキリではなく、貸切です」

「……What?」

「ハラキリは、切腹です」

あさひは腹を切る動作と共に、そう説明する。

アレックスが、ふっと全ての動きを止めた。

かと思ったら、直後にその頬がすごい勢いでかあっと赤くなる。

ついにこらえきれなくなった夏樹が、腹を抱えて笑い出した。上着をかぶった御崎の肩もぷるぷる震えている。あれは間違いなく起きている。寝たふりをするにも限度があったようだ。

「よしよし、間違えるのは別に恥ずかしいことではないぞ。アレックスは、私が日本に行くと言い出してから本格的に日本語の勉強を始めたんだもんなあ。仕方ないさ」

真っ赤になってうつむくアレックスを、シルヴィアが慰めている。失礼かもしれないが、意外と可愛い人だったんだなとあさひは思う。

それから、これでは箱根行きを断れそうにないな、と思う。

まあ、タオルは施設で買えるだろうし、アメニティなどは無料で置いてあるところも多い。途中でコンビニにでも寄ってもらえれば、化粧品と替えの下着くらいは買えるだろう。考えてみれば、温泉に行くのなんてひさしぶりだ。そう思うと、あさひもだんだん楽しくなってきた。

というか、たぶんこういうのは楽しんだ者の勝ちなのだ。

「夏樹さんは、今日はお仕事お休みなんですね。よかったですね」

あさひがそう言って夏樹を見ると、夏樹は笑って言った。

「うん、今は事件もないしね。係長も、近頃俺がお疲れ気味なのを知ってるから、『スーパー銭湯かサウナにでも行ってきたらどうです』って言ってたし。御崎達が温泉行くって言うから、一緒に連れてきてもらったんだ」

「……そういえば、御崎先生の休暇……じゃなくて、謹慎はまだ解けないんですか？」

「うーん、特に連絡はないね——……早く戻ってきてほしいんだけど」

夏樹が顔をしかめる。あさひとしては、もうしばらく謹慎でもいいんだけどなという気持ちだ。できればシルヴィアが帰国した後、さらに二、三ヶ月ほど続いてくれると助かる。

車が目的地に着く頃には、外は完全に暗くなっていた。

「おーい、御崎、起きろー。温泉着いたぞー」

寝たふりから本格的な睡眠に移行していた御崎禅を起こし、運転手だけ残して車を降りる。箱根湯本の駅から程近い場所のはずだが、目の前の景色はほぼ山だった。

まるで老舗《しにせ》の旅館のような建物の中に入ると、和服姿の従業員が迎えてくれた。薪の燃えるいい匂いがする。どこぞの古民家を移築してきたものなのか、見上げると高い天井に何本もの梁《はり》が組み合わさっているのが見えた。シルヴィアがスマホで写真を撮っては大喜びしている。アレックスも、興味深そうに天井を見上げていた。御崎禅はまだまだ眠そうだ。

帳場で手続きをするついでにタオルを買い、シルヴィアが「絶対着たい！」と騒いだので浴衣《ゆかた》もレンタルした。あさひは女湯の方へとシルヴィアをエスコートし、シルヴィアを見て名残惜しそうにしているアレックスと立ったまま寝そうな御崎禅を、夏樹が男湯へと連行していく。

廊下でも脱衣場でも、シルヴィアはやたらと人目を引いた。まあ、見るからにゴージャスな銀髪美女なのだ。仕方ないだろう。

が、そこではたと気がつき、あさひはシルヴィアに尋ねた。

「……あれ、そういえばシルヴィアさんは、気配を薄くしてないんですか？　御崎先生は、普段はそうされてますけど」

「してない。別に必要ないだろ」

実に豪快に服を脱ぎ始めながら、シルヴィアが答える。まあ、本人が気にしないのであれば、別に人目を避ける必要はないのかもしれない。そうしないで生きている人外の存在は、日本にもたくさんいるのだ。

だが、そうは言っても、非の打ちどころのない完璧《かんぺき》な裸体があらわになると、周囲の注目はさらに激しくなった。

もはや脱衣場にいる全員がこっちを見ている。大きいうえに形も良い胸といい、引き締まった腰といい、染み一つない輝くような白い肌といい、アレックスが混浴に断固反対した気持ちがよくわかる。同性のあさひでさえ、目のやり場にちょっと困る。

しかし、シルヴィアはそんなことはまったく気にしていないという顔で、全裸のまま仁王立ちして、あさひを急《せ》き立てる。

「ほら、さっさとしろ。私は早く温泉に入りたい」

「ま、待ってください、今脱ぎます！……いやあの、そんなまじまじ人の裸を見ないでくれませんか、シルヴィアさん……あと、前はタオルで隠しましょうね……」

「……あー、その、なんだ、日本人というのは慎ましやかだな、あさひ」

その発言はどういう意味で捉《とら》えればいいのだろうと思いつつ、あさひは、日本人の標準体型ど真ん中な己の体をタオルで隠した。それはまあ、シルヴィアの体に比べたら、あさひの体なんぞ慎ましさの権化みたいなものだろう。放っておいてほしい。

洗い場で髪と体を洗い、まずは内湯に向かった。

自宅の狭い風呂場《ふろば》に慣れた身には、広々とした湯船はそれだけでもう気持ちよかった。やや熱めの湯に身を浸すと、全身の血管が開いて、一気に血の巡りが良くなったような感覚がある。冷えていた足の先や手の指が、じんわりと痺《しび》れて温まっていく。

あさひの横で、シルヴィアも満足そうに体をのばした。

「うーん、気持ちいいなあ！　この湯は何か特別なのか？」

「お肌にいいんですよ。あと、色々な病気にも効くみたいですね。疲労回復にもいいそうです」

「疲労回復か。それはいいな。私が引きずり回したせいで、禅がだいぶ疲れてる」

シルヴィアが言う。引きずり回しているという自覚はあったらしい。

「あさひも、今日は付き合わせて悪かったな。でも、ちょうどいい機会だった」

「え？」

「実は、ちょっとあさひと二人きりで話してみたかったんだ。……あさひだって、私に聞いてみたいことがあるんじゃないか？」

せっかくだから露天風呂にも行こうとシルヴィアが言い、二人で内湯の外に出た。

まだ気温の低い時期だからか、外にはほとんど人がいなかった。外気の冷たさに寒い寒いと呟《つぶや》きながら、温泉に身を浸す。内湯に比べると少しお湯の温度は低いようだったが、その分のぼせにくくていいかもしれない。

先に入っていた年配の女性が立ち上がり、内湯の方に戻っていった。

露天風呂には、あさひとシルヴィアの二人だけになった。

しばらく、どちらも口を開かなかった。

浴槽からあふれ出す湯が立てる、ちゃぷちゃぷという音が響く。近くに川があるのか、せせらぎの音も聞こえる。

水の音というのは、ずっと聞いているとだんだん心の中が静かになるから不思議だ。

「──禅の名前はな、もとはゼイン・アンダーソンといったんだ」

水音にそっとまぎれ込ませるようにして、シルヴィアが唐突にそう言った。

あさひはシルヴィアに目を向ける。シルヴィアは湯の表面を見つめている。

「気になってたんだろう？……私があいつを、ゼインと呼んだこと」

シルヴィアがやってきた日のことだ。

あさひは湯の中で膝《ひざ》を抱え、はい、と小さくうなずいた。

御崎禅という名前は、彼の筆名であると同時に、普段使用している名前でもある。

でも、それが彼の本名であるわけはないのだ。

彼はもとは外国の人だったのだから。

……けれども、アレックスやシルヴィアが彼をゼインと呼んだとき、あさひはなぜだか心臓を突かれたような気分になった。

彼がもとはそう呼ばれていたという事実に、驚いたのだ。

『輪舞曲』にはゼインという名前は出てこない。

アメリカ篇の男性キャラクターの名前は、クリスなのだ。

『輪舞曲』はほぼ実話なのだと聞いたときから、あさひはずっと勘違いをしていたのだと思う。あの小説に書かれたことは全て本当にあったことで、だから登場人物の名前もまた、彼が今まで生きてきた人生における名前なのだと思い込んでいた。

だが、そもそも『輪舞曲』には、運命の恋人の片割れが吸血鬼になるシーンなどない。あの小説を読んだからといって、御崎禅と今呼ばれているひとの全てがわかるわけはなかったのだ。そのことを――あさひは完全に、失念していた。

彼の過去を、あさひはまるで知らない。

「ゼインは、イギリスの大きな貿易会社の次男坊でな。会社は兄貴が継いでいて、ゼインは詩や戯曲を書いていた」

シルヴィアがまた口を開く。

白くなめらかな手が、湯をすくい上げる。わずかに指を開くと、湯は雫《しずく》となってぱしゃぱしゃと降り落ちていく。

あさひの知らない彼の過去を、シルヴィアは知っている。

「アメリカに渡ってきたのは、二十世紀が始まってすぐの頃だったかな。滞在先は、ニューヨークの金持ちの邸宅だった。見た目もいいし、詩の才能もあったゼインは、すぐに社交界の人気者になった。私があいつに目をつけたのも、そうしたパーティーでだよ。渡米の理由は、留学のためだと言っていたが——本当は違う。あいつはイギリスで、とある楽譜を手にしていたんだ。この辺りのことは『輪舞曲』にある通りだ」

それならあさひも知っている。

イギリスで暮らしていたクリスは詩人で、ある日、叔母《おば》の家で走り書きされた楽譜を見つけるのだ。楽譜を読んだクリスは奇妙な懐かしさを覚え、ピアノでその通りに弾いてみる。その途端、彼は前世の記憶を取り戻し、そのメロディこそ、かつての恋人がよく口ずさんでいたものだと気づくのだ。

慌てて叔母に訊《き》いてみると、その楽譜は、ずっと前に懇意にしていた歌手が残したものだと教えられた。だが、歌手が今どこにいるのかは不明だった。彼は手を尽くして彼女の行方を調べ、ついに彼女がアメリカに渡ったことを突き止める。

けれど、彼女を追って渡米した彼は——もう十年も前に、彼女が亡くなっていたことを知るのだ。

『輪舞曲』では、恋人の死を知ったクリスは、いつか生まれ変わった恋人が目にすることを祈りながら、彼女のための詩を収めた本を出版するだろう？　実際は違う」

シルヴィアが言った。

「彼女の死を知ったゼインは——時の流れの残酷さをまざまざと思い知り、抜け殻のようになってしまったんだよ。もうどんな美しい詩も考えつかないほどにな。……私はあいつを、哀れに思った。だから誘った」

「誘ったって」

「一族に、引き入れた」

シルヴィアは、その頃のことを思い出すかのように、美しいシルバーグレイの瞳《ひとみ》を宙に向けた。唇にはかすかな笑みが浮かんでいる。

その微笑みは慈母のように優しく、けれどどこか苦さを含んでいた。

まるで後悔しているみたいだ。……彼を吸血鬼にしたことを。

濡《ぬ》れた前髪をかき上げ、シルヴィアが言った。

「一応、本人に選ばせはしたがね。あのときのあいつに、どこまでまともな判断力があったかは……わからんよ」

敵は時間だと、ゼインは涙を流しながらシルヴィアに言ったのだという。人の身ではとても太刀打ちできない敵なのだと。

ならば人の身を捨てればいい。そう言って、シルヴィアは彼に手を差しのべた。

ただし、人でなくなれば、もう元通りの暮らしなどできなくなる。家族とも会えなくなるし、化け物と罵《ののし》られることもある。

それでもいいかと、シルヴィアは尋ねた。

かまわないと答えて、彼はシルヴィアの手を取った。

「――あさひは、人がどうやったら吸血鬼になるか知っているか？」

「吸血鬼の血を飲むんだと、聞きました」

「そうだ。そしてそれは、とても苦しい。生きたまま肉体が別のものに変質する苦しみというのは、筆舌に尽くしがたいものがあるんだよ」

シルヴィアは彼を自分の館《やかた》に招き入れ、その血を啜《すす》った。ぎりぎり死なない程度に。

そして、意識を朦朧《もうろう》とさせている彼に、己の血で満たした杯を渡した。

――人の身を捨てたいなら飲め。嫌なら飲むな。

それだけ伝えて、彼を残して部屋を出た。

やがて、扉越しに彼の苦しみが伝わってきた。彼がうめき、あえぎ、床を転げまわる音を、シルヴィアは扉にもたれてずっと聞いていた。

そして、それを一月以上も繰り返した。

彼の肉体が完全に変化するまで、毎日。

「あいつが望んでいたのは、吸血鬼になることじゃない。時の流れに抗《あらが》いたかっただけだ。それは人の身には過ぎた望みだからな。我々は、殺されるか自ら死なない限りは、永遠に生き続ける。好きなだけ、恋人を探せばいいと――私も思った」

だが、そうはいかなかった。

吸血鬼化したことで、恋人との魂の絆《きずな》を断たれた彼の絶望は、痛々しいほどだった。

「思えば私は……ひどいことをしてしまったのかもしれない。だが、あいつは私を責めなかった。手を取ったのは自分であり、私は慈悲を与えただけだと言ってな。律儀な奴なんだ、本当に」

シルヴィアは寂しそうな目をした。

「あいつに日本行きを勧めたのは、私だ。いっそ全く違う環境に身を置いた方がいいと思ったんだ。知り合いの伝手《つて》をたどって、あいつを送り出した。それからはたまに連絡を取る程度だったが、こうして会いに来ることができてよかったと思っているよ。だって、まさか……――」

そこでシルヴィアは、ふっと言葉を切った。

あさひは怪訝《けげん》な気持ちでシルヴィアを見る。

「シルヴィアさん？」

「……いや、なんでもない」

シルヴィアはあさひを見つめ、手をのばして、あさひの頬を軽くなでた。

とても優しい、愛《いと》おしむような手つきだった。

水音が響く。立ち昇る湯気が白く視界を曇らせる。あさひはシルヴィアを見つめ返しながら、ふと不安になる。

今の話は、はたして自分が聞いてもいいものだったのだろうか。

御崎禅が自分で話してくれたことでもないのに。

「いいんだよ」

シルヴィアが言った。

「これは、私が話さなければ、誰にも知られぬまま消えていく物語だ。だから、今のうちに誰かに——あさひに、話しておかなければと思った」

「どうして、わたしに？」

「……ふふっ」

ふいに、シルヴィアが笑った。

軽やかな笑い声だった。

まるでいたずらっ子のような目をしていた。

「それは内緒だ。でも——私の息子を、どうかよろしく頼むぞ。あさひ」

シルヴィアはそう言って、先程なでたあさひの頬を、今度はぺちぺちと叩《たた》いた。

夕食は、温泉施設の中の食事処で皆で食べた。

その後はまたリムジンで都内に戻るのかと思いきや、なんと近くにある別荘に案内された。シルヴィアの所有ではないが、コネで借りたものだという。

山の中にある洋風の一軒家にあさひ達を降ろすと、リムジンはどこかへ去っていった。また明日《あした》迎えに来てくれるのだそうだ。

──あさひが門脇久からの留守電に気づいたのは、別荘に着いた後のことだった。ちょうど温泉に入っている間に着信していたものらしい。もうすぐ新刊が刊行になるため、門脇久とはやりとりを密にしている。今は著者校正の真っ最中だ。何かあれば週末でもいいから連絡してほしいと伝えておいた手前、かけ直さないわけにはいかなかった。

折しもそのとき、別荘の中では宴会が始まっていた。

別荘の所有者が気を利かせて、酒やらつまみやら果物やらを置いておいてくれたのだ。別にさして酔ってもいないのだろうが、シルヴィアは実に豪快に笑い続けている。シルヴィアに歌えと言われた夏樹は、さっきから昭和懐メロをメドレーで熱唱していた。今は「津軽《つがる》海峡・冬景色」をこぶしをきかせて歌っている。アレックスは手拍子と歓声担当だ。……さすがに、この喧騒《けんそう》をバックに作家に電話をかけるわけにはいかなかった。

悩んだ末に、あさひはコートを羽織って庭に出ることにした。

寒いが、温泉と少々の酒で火照った肌を冷ますにはちょうど良かった。

「もしもし、こんばんは。希央社の瀬名です。夜分に申し訳ありません、先程は電話に出られなくて——」

『ああ、瀬名さん、すみません。ちょっと校正の件でご相談が——……』

電話の向こうで門脇久が生真面目な声で言う。

「あ、すみません、実はわたし今、出先なもので、手元にゲラがなくて」

『いえ、校正の指摘事項についてではなくて、ちょっと一部原稿を差し替えたいなと……ゲラになってからの直しになってしまって、本当に申し訳ないんですが』

ゲラというのは、出版時と同じフォーマットにした校正用の試し刷りのことである。

門脇久が、差し替えたいシーンと、差し替え内容について、電話の向こうで話す。

原稿自体は手元にないが、内容は大体覚えている。あさひは門脇久の話を聞き、うなずいた。

「そうですね、門脇先生の仰《おっしゃ》る通り、その内容で差し替えた方が、キャラクターの性格がより明確になる気がします。でも確か、その後のシーンで、似たような台詞《せりふ》が出てきませんでしたっけ？　確か三章の、放課後のシーン」

『そっちのシーンの台詞も差し替えようかと思っていて……』

「成程……ええと、そうしましたら、そっちのシーンはどのように」

そうやって十分ほど相談に乗り、通話を切ったあさひは、ふうと息を吐いた。

今度出る門脇久の本は、あさひがひときわ力を入れているものである。シリーズものの続編で、長く続けていくためには、ここで読者をさらに引きつけておかなければならないからというのもある。だが、もう一つ、大きな理由があった。

門脇久は、青春ものの小説を書くのに長《た》けた作家だ。友情や家族との関係についての物語を、共感しやすい文章で生き生きと語る。

でも、今回のこの物語は——彼にしては珍しく、恋愛ものなのだ。

物語のヒロインには、間違いなく香苗の面影がある。

それは、記憶を消されてもなお門脇久の中に残った、彼の恋心のかけらだ。

門脇久は、そのかけらが何なのかわからなくても、それを大切に拾い上げ、きらきらと輝くような素敵な物語に仕上げてくれた。

本になったら、香苗と御崎禅に読んでもらうのだ。

だから今は、そのためにあさひにできる最大限のことをしたい。

カタン、という物音が聞こえて、あさひは振り返った。

御崎禅が、戸を開けて庭に出てきたところだった。なかなか戻ってこないあさひを心配して、見に来てくれたらしい。

「風邪をひきますよ、瀬名さん」

「あ、すみません、大丈夫です。もう終わりました」

「……原稿の打ち合わせですか？」

尋ねられて、あさひはうなずいた。

「門脇先生です。五月に、本が出るんですよ」

「そうですか」

「出版されたら、御崎先生にも献本しますね」

「……それはまさか、他の作家は順調に本を出しているのだから早くお前も原稿書けよ、という脅しですか？」

「違います！　単に、読んでいただけたら嬉《うれ》しいなと思ったからです」

「そうですか。では、ありがたくいただきます。楽しみにしていますよ」

御崎禅がそう言って、あさひの横に並んで立つ。

それから御崎禅は、少し申し訳なさそうな顔になって言った。

「今日はすみませんでした。シルヴィアが我儘《わがまま》を言って、こんなところまで連れてきてしまって」

「あ、いえ、お気になさらず！　温泉も箱根もひさしぶりなので、楽しかったですよ」

「でも、明日も帰りは遅くなると思いますよ。リムジンが迎えに来るのは、陽が落ちてからです。……明日の日中は、夏樹と一緒に箱根を観光してきたらどうですか。僕はシルヴィア達と一緒に、この別荘で待っています」

御崎禅が言う。

ああそうか、とあさひは思う。

このひとは、陽のある間は外を出歩けない。昼間に観光することなどできないのだ。吸血鬼と化したその瞬間から、このひとは陽の光の中での暮らしを諦《あきら》めざるをえなくなった。

あさひは、先程シルヴィアから聞いた話を思い返した。

吸血鬼になるのは床を転げまわるほど苦しいことだという。

このひとはそれだけの苦しみの果てに、何を得たのだろうか。

そう思うと、なんだかひどく切なくなる。

「……瀬名さん？」

御崎禅があさひを見て、ゆっくりとまばたきした。

暗い夜の中で見ても、その顔は本当に綺麗《きれい》だった。美人は三日で飽きるなんて大嘘だ。あさひは御崎禅の顔を見る度、毎回その美しさに感動している。

「あなたは――一体何を聞いたんです、シルヴィアから」

「えっと、あの、それは」

あさひは口ごもる。

が、御崎禅相手にごまかそうなんて百年早かった。

御崎禅はしばらくあさひの顔を見つめ、それからため息を吐いて言った。

「……僕がアメリカにいた頃の話ですか」

「え、ええと……もともと、ゼイン、というお名前だったから、日本での名前が、禅、になったんですか？」

少々気まずい気分で笑いながら、あさひは尋ねる。

御崎禅は眉根《まゆね》を寄せて渋い顔をしながら、

「御崎禅、という名前は、僕が日本に渡ってきた当時に世話になった人がつけたものですよ。ゼイン、という発音が、たぶん彼にはゼーンに聞こえたんでしょうね。それが縮まってゼンになったんだと思います。御崎、は彼の苗字《みょうじ》でした」

「そうだったんですか」

「彼にはとても良くしてもらいました。……人ではないものになって、こんな極東の島国にまで流れ着きましたが、そう悪い人生でもないと思える瞬間は、こんな僕にだって幾つもあったんです」

御崎禅がふいにそんなことを言う。

あさひは御崎禅を見つめた。

御崎禅が続ける。

「何もかもが厭《いと》わしく思えたこともありましたが、近頃は——この身を得てこの国にあることを、それほど後悔してはいないんですよ」

言いながら、御崎禅は視線を高く上げた。

あさひもつられて視線を上げる。——そして、小さく息を呑《の》んだ。

頭上に、ものすごい星空が広がっていた。

都内では絶対に見られない空だ。澄んだ山の空気は、普段は見えていなかった微細な光まで鮮明に見せつけ、無数に輝く星々の大小に夜空の奥行きをはっきりと実感させられる。あまりにも星が多すぎて、どこに焦点を合わせればいいのかわからなくなりそうだった。上を向きすぎてよろけたあさひの肩を、御崎禅が軽く手を添えるようにして支えてくれる。

「今この瞬間のことだって、僕は百年先でもあざやかに思い出すでしょう。星が綺麗だと思ったことも、すぐ横に瀬名さんが立っていたことも——手に触れたあなたの肩の丸さや小ささも、全て幸せな思い出として僕の中には残り続ける」

御崎禅が言う。

そういえば香苗も、同じようなことを言っていた。人ならざるもの達の情けは、人などよりもずっと深いのかもしれない。

彼らにとっては、人などすぐにいなくなってしまう儚《はかな》い存在だろう。

それでも彼らは、共に過ごした短い時間を、己の中で永遠のものにしてくれるのだ。

あさひは視線を星空から御崎禅に戻した。

御崎禅は少し目を細めるようにして、まだ星空を見上げていた。

その顔に浮かぶ柔らかな微笑みを見ていると、あさひの胸の中をまた甘やかな切なさが満たした。

胸を満たしたものはそのまま熱く喉《のど》にまでせり上がり、一つの言葉となって口からこぼれ出そうになる。慌ててこらえて呑み込むと、それは痛みに変わり、喉をふさいだ。ああ自分は泣きそうになっている、とあさひは気づく。どうしよう。

どうしよう。

たった今——気づいてしまった。

自分はこのひとのことが、好きなのだ。

大好きだ。

敬愛する作家に対する『好き』ではなく——本当に、好きなのだ。

そのときだった。

「おーい、お二人さん。いい夜だな」

頭の上から、声が降ってきた。

見ると、いつの間にか二階のベランダにシルヴィアが立っていた。少し酔っているのか、なんだか体がゆらゆら揺れている。

御崎禅が顔をしかめて言った。

「そんなところで何をしているんですか、シルヴィア」

「あははー、ちょっと酔い覚ましだ。お前達こそ逢引《あいび》きか？」

「ちっ、違いますよシルヴィアさん！　何言ってるんですか！」

あさひは慌てて否定する。そんな御崎禅に対して失礼なことは言わないでほしい。このひとは、あさひなんかが好きになっていいひとではないのだから。

御崎禅の心は今でも、運命の恋人のものだ。

ベランダから身を乗り出すようにしてこちらを見下ろし、シルヴィアが言う。

「否定することないだろう。そんな暗いところで、肩なんか抱いちゃってー」

「シルヴィア。酔っ払っているなら、水でも飲んできた方が——」

御崎禅が、はっと息を呑む気配がした。あさひの肩に添えられていた片手が強張《こわば》る。

そのときあさひも、同じものを見ていた。

二階の屋根の上で蠢《うごめ》く、何か小さなもの。

った。

「シルヴィアっ！」

御崎禅が叫ぶのと、その小さなものが屋根からふわりと身を躍らせたのとは同時だった。

はっとしたシルヴィアが、その場から退く。だが、その小さなものは驚くべき速さで床を蹴《け》り、空中で体を回転させて、シルヴィアを追う。

それは子供だった。まだ小学校低学年くらいにしか見えない、ほんの小さな子供。

熾火《おきび》のように赤く輝くその瞳《ひとみ》に、あさひはびくりとする。

あれは。あの瞳は。

子供が腕を振る。その手には刃の長いナイフが握られている。

子供の動きの方が、シルヴィアよりもわずかに速い。突き出された刃がシルヴィアの身に迫り――

「シルヴィア様っ！」

アレックスがそこに割り込んだ。

刃はまるで吸い込まれるように、アレックスの右胸に突き立った。がくりと膝《ひざ》が崩れ、アレックスが床にうずくまる。

「アレックス！」

シルヴィアの瞳が赤く燃え、しなやかな腕が子供を捕らえようとのばされた。

しかし子供はその手から逃れ、床からベランダの手すり、そして屋根へと跳ね上がり、驚くほどの跳躍力を見せて去っていく。

一瞬それを追おうとした御崎禅が、しかし舌打ちして足を止めた。今の御崎禅に、あの子供を追う力はないのだ。

「おい⁉　何事だよ！」

夏樹がベランダに顔を出す。シルヴィアがアレックスの肩を支えながら、夏樹に「救急車を呼べ！」と叫んだ。

御崎禅が家の中に駆け戻った。階段を上がり、二階のベランダを目指す彼の後を、あさひもついていく。

「――シルヴィア。あれは一体、何なんですか」

血まみれのアレックスを抱えたシルヴィアに、御崎禅が尋ねた。

シルヴィアが強張った顔を御崎禅に向ける。

「あれは、お前の弟だよ。禅」

シルヴィアは、そう言った。

第三章　吸血鬼事件——時を止めてまで得たものとは——

アレックスは、夏樹が呼んだ救急車ですぐに病院に運ばれた。付き添いとして救急車に乗せてもらえたのは、シルヴィアだけだった。あさひ達は、別で呼んだタクシーで病院に向かうことになった。

あさひ達が病院に着いたとき、シルヴィアは、廊下のベンチにぽつねんと一人で座っていた。

「シルヴィア」

御崎禅が声をかける。

シルヴィアが顔をこちらに向けた。女神のように美しく、女王様のように尊大だったはずの彼女は、今はまるでただの女のように蒼白《そうはく》な顔をしていた。いかにも高価そうな服に、アレックスの血が大きな染みを残している。血まみれの手で触ってしまったのだろう、頬や髪にも赤く擦《こす》れた跡があった。あさひは、夏樹が刺されたときのことを思い出して、少し息が苦しくなるのを感じた。おそらく自分も、あのときあんな風だったのだと思う。あんな風に病院のベンチに腰掛けて、立ち上がる気力もないまま、夏樹の血が染み込んだマフラーを指がガチガチになるほど固く握りしめていた。

「……あさひちゃん」

あさひの様子に気づいた夏樹が、大丈夫だとでもいうように、ぽんぽんと背中を叩《たた》いてくれる。もうあんなことは二度とごめんだと思っていたのに、どうして自分達は今またこうして病院にいるのだろう。夏樹はこうして無事でいてくれているけれど、アレックスはどうなのだろうか。

シルヴィアが口を開く。

「アレックスは、手術中だ。刃は右肺をかすめていたようだが——あのくらいなら、死ぬことはない。そのはずだ」

それはまるで自分自身に言い聞かせるような口調だった。アレックスの血がついたままの手は、祈りの形に組み合わされている。

御崎禅がシルヴィアの隣に腰を下ろした。

きつく組み合わされたシルヴィアの手に、己の手を添える。

シルヴィアがはっとしたように、少し力を抜いた。苦笑いして、御崎禅を見る。

「……駄目だな、こんなことくらいで動揺して、情けない限りだ。人が死ぬところなんて、もう何度も見ているのに」

「これまで見てきた人の死が何百何千あろうとも、それはアレックスとは違う人達なんですから、仕方ありませんよ」

御崎禅は、静かな声でそう言った。

そして、その声のまま続けた。

「──あなたが日本に来たのは、別に僕に会うためではなかったんですね」

シルヴィアが口をつぐむ。

御崎禅が小さく息を吐く。

「答えてください、シルヴィア。あなたの目的は、先程の子供だったのでしょう?」

「……そうだ。あれの名はリアムという」

シルヴィアが答えた。

「僕の弟だと言いましたね。あなたがリアムを吸血鬼にしたということですか?……子供を一族に入れるのはタブーではなかったのですか」

「仕方なかったんだ」

「どういうことです?」

「あの子の母親に懇願された。……五十年ほど前の話だ」

そう言ったシルヴィアの唇が、かすかに歪《ゆが》む。

リアムを吸血鬼にしたことは、シルヴィアにとって、はっきりとした後悔なのだ。

御崎禅のときとは比べものにならぬほどに。

「あの子の母親は、アレックスと同じく、私の一族に仕える従者だった。コニーという名前でね、私の身の回りの世話をする侍女だった。気立てのいい娘で、結婚して子供が……リアムが産まれたときには、真っ先に私に見せに来てくれた。小さなリアムは、コニーの大切な天使だった」

リアムはシルヴィアに懐き、シルヴィアもまたリアムを可愛がった。

何もなければ、いずれリアムもシルヴィアに仕える者となっていただろう。

でも、そうはならなかった。

リアムが七歳のとき、悲劇が起きた。

「ある日、眠っていた私はコニーに叩き起こされた。まだ昼間だったし、何事かと思ってね。眠い目をこすりながらコニーに文句を言おうとしたとき――部屋の中に濃密な血の匂いを感じた。コニーが、血まみれのリアムを腕に抱えて立っていたんだ」

事故だった。シルヴィアの館《やかた》のすぐ近くで車に轢《ひ》かれたのだという。

一目見て、ああこれは助からないなとシルヴィアは思った。

ここをタイヤが走ったのだなとはっきりわかるほどに、リアムの胴体は完全にひしゃげていた。かろうじて生きてはいたが、呼吸はもう止まりかけていた。今から救急車を呼んだところで、病院にたどり着く前に死ぬだろう。シルヴィアはそう判断した。

コニーにも、それはわかっていた。

わかっていたから、シルヴィアのもとへリアムを運んだのだ。

——お願いします。お慈悲をください。

——あなたの、血をください。

「馬鹿なことを、と思ったさ。吸血鬼の血は万能の薬ではない。むしろ毒だ。あの状況で私の血など与えたところで、尽きかけた命の火が消し飛ぶだけだ。だが……母親というのは、愚かな生き物だ。万に一つ、億に一つの奇跡を、コニーは望んだ」

——お願いです。リアムを助けてください。

——この子に、どうか血をお与えください。

そう泣き叫ぶコニーを、シルヴィアはつい憐《あわ》れに思ってしまった。

戯れのつもりで、リアムの口の中に自分の血を滴らせた。

「それでコニーが満足するならいいと思ったんだ。……けれど、私の血を口にした途端、リアムは目を開いた」

それは本当に、万に一つ、億に一つの奇跡だった。

吸血鬼の血がすぐにその身に馴染《なじ》む者など、滅多にいない。大抵は拒絶反応が出るものだ。しかし、リアムにはそれがなかった。

それどころか、シルヴィアの血を取り込んで、己の体を修復し始めようとしていた。

　しかし、リアムの傷は、多少血を飲んだくらいで回復するようなものではなかった。失われた血があまりに多すぎた。一度は意識を取り戻したものの、その瞳《ひとみ》はまた急速に光を失い、死の淵《ふち》へと戻ろうとしていた。

「……どうかしていたんだろうな、そのときの私は」

　ぼそりと呟《つぶや》いたシルヴィアに、御崎禅が尋ねた。

「一体何をしたんですか、あなたは」

「輸血したのさ。私の血を——リアムの血管に、直接注ぎ込んだ」

　そんなやり方で吸血鬼化が成功するかどうか、シルヴィアでさえ知らなかった。

　だが、吸血鬼の血液に全く拒絶反応を起こさないのであれば、できるのではないかと思った。どのみち放っておけば死ぬしかないのだ、たとえ人体実験まがいのことであろうとも、やってみる価値はあった。

　そして、その実験は成功した。

　経口で与えるよりもはるかに少ない量の血液で、リアムは吸血鬼化した。傷はみるみるふさがり、コニーは起き上がった我が子を抱きしめて、神に感謝を述べた。

　その母親の首筋に——リアムは、幼くも鋭利な牙で嚙みついた。

「止める間もなかった。傷の回復に力を使ったリアムは、生き血を求めて自分の母親を襲った。そしてそのまま、殺してしまった。……血の吸い方を教える前だったからな。傷つけてはいけない血管まで噛み破ってしまったんだ」

自分の息子に命を取られながら、コニーは思い知ったことだろう。自分の望みが何を招いたのか。

コニーが望んだのは、決して息子を吸血鬼にすることではなかったはずだ。

欲しかったのは、吸血鬼の回復力。それだけだったのだと思う。

……というより、生きていてほしかっただけだったのかもしれない。

彼女はただ、自分の息子に死んでほしくなかった。

けれども、リアムに新たに与えられた生は、それまでの生とはまるで違う。

リアムは、日光を厭《いと》い、人の血を啜《すす》って生きる化け物となったのだ。

そして、一度吸血鬼に変わった者は、二度と人には戻れない。

「幼いリアムには、己の変化がなかなか理解できなかった。最初の頃は、昼間外に出たがって困ったよ。友達と遊びたいと言ってな。諦《あきら》めろと言われたところで、わかるわけもない」

それでもシルヴィアは、大切にリアムを育てていった。できる限り慈しみ、この先生きるために必要な全てのことを教えていった。リアムはコニーの忘れ形見であり、そして今やシルヴィア自身の子供でもあったからだ。

……けれど。

「幼い子供を一族に入れてはいけない」——それは、吸血鬼の間の不文律だ。

それを破るというのがどういうことなのかを、やがてシルヴィアは目の当たりにすることになった。

「吸血鬼の肉体は、吸血鬼化したそのときの年齢で時を止める。リアムは永遠に七歳のまま、それ以上年を取ることがなくなった。だが、肉体は年を取らなくても、精神の方は時の流れと共にいずれ成長していく。人の成長に比べれば、ゆっくりとしたものではあったがね。小さな子供の肉体に閉じ込められたまま、心だけがやがて大人になっていった。……子供を一族に入れてはいけない理由がこれだ。肉体と精神のバランスが取れなくなるからだよ。そうしてリアムは、自分を吸血鬼にした私を、徐々に憎むようになった」

……シルヴィアの話を聞きながら、あさひは『インタビュー・ウィズ・ヴァンパイア』という映画を思い出していた。トム・クルーズ主演の吸血鬼映画だ。確かあの映画でも、子供を吸血鬼にするのはタブー扱いされていたはずだ。

映画の中で、トム・クルーズ演じるレスタトは、クローディアという少女を吸血鬼に変える。最初は肉体の年齢と同じく無邪気な少女でしかなかったクローディアは、しかし映画が進むにつれて、徐々にその目の色だけが年を取っていく。そして、あるときついに「なぜ自分は大人になれないのか」「誰が自分をこんな風にしたのか」と怒りを爆発させ、自分を吸血鬼にしたレスタトを憎むようになる。

勿論《もちろん》あれは映画だ。美しくも残酷な作り事。

けれど、それと同じことが——リアムにも、起こったのだ。

「リアムが私のもとからいなくなったのが、五年前。私の一族が一人また一人と殺され始めたのは、その後だ。リアムは、私の血を直接注ぎ込んだせいか、体は子供でも、吸血鬼としてはひどく強力でね。おまけに賢かった。私の子供達を何人も殺して、そしてリアムは完全に姿を消した。八方手を尽くして捜したが、なかなか行方はつかめなかった。だが、つい最近、日本に渡ったらしいということがわかったんだ。だから——私は、あの子を捜しにここに来た」

シルヴィアは呟くようにそう言って、自分の手に視線を落とした。

ゆっくりと持ち上げ、手のひらに舌を這《は》わせる。そこにこびりついたアレックスの血を舐《な》め取る。

そしてシルヴィアは、御崎禅を見て言った。

「手を貸してくれないか、禅。……あの子を、止めなければならない」

アレックスの手術は、無事に成功した。

とはいえ、決して軽い怪我ではない。しばらく入院が必要とのことだった。

「……なんだか急にやつれて見えるな」

手術室から病室に移されたアレックスを見下ろし、シルヴィアはそう呟いた。

ベッドの上のアレックスは、まだ麻酔で眠っていた。いつも丁寧に撫でつけられていた金髪は乱れ、酸素マスクをつけられた顔は青白く血の気がない。

シルヴィアは彼の髪をなで、言った。

「アレックス。お前は良い従者だ。すぐに死ぬ脆《もろ》い体だというのに、主人を身を挺《てい》してかばった。褒めてやろう」

口調は尊大なのに、アレックスをなでる手は優しく、普段の愛玩《あいがん》するような手つきとはまるで違うもののように見えた。

そしてシルヴィアは、最後に一つぺちんとアレックスの頰を叩《たた》くと、あさひ達に向き直った。

「──さて、我々は都内に戻ろう。例のリムジンを呼んである。そろそろ来るはずだ」

「アレックスはどうするんです？　落ち着いたら、都内に転院させますか？」

御崎禅が尋ねる。

シルヴィアの回答は短かった。

「いいや」

「……では、騒動が終わるまでここに？」

「ああ。病室には後で護衛を手配する。……リアムが狙ってこないとも限らない」

そう言って病室を出て行こうとしたシルヴィアが、後ろ髪を引かれたようにふっと足を止めた。

違った。

引かれたのは髪ではなく、コートの裾《すそ》だった。

眠っているはずのアレックスの手が、シルヴィアのコートの裾を握りしめていた。置いていくなとでもいうように。

「……困った奴だ」

くしゃりとした笑みが、シルヴィアの顔に浮かんだ。

いまだ血の染みが残る手が、アレックスの指を一本一本外していく。

忠実な従者は、今度はその手を握りしめようとする。

シルヴィアはアレックスの手を持ち上げ、その人差し指にそっと口づけを落とした。白い牙が指の腹に優しく埋まり、ぷくりと浮き上がった赤い血を軽く舐めて、シルヴィアはアレックスの手をベッドの上に戻す。

「私が連れて行けるのは、お前の血の一滴だけだ。──早く目を覚ませ、アレックス。元気になったら戻ってこい。私は、お前の瞳の色が好きなんだ。……もうずっと昔に見た、昼の空の色を思い出す」

シルヴィアが病室を出て行く。もう振り返らなかった。あさひ達もそれについて、廊下に出る。

あさひは腕時計に目を落とした。夜明けまでにはもういくらもない時刻だった。窓の外はまだ暗いが、この滅茶苦茶《めちゃくちゃ》な夜もやがて明けるのだ。

それに続く日が滅茶苦茶でないことをせめて祈るくらいしか、あさひにはできない。

シルヴィアの懐で、スマホが震える音がした。取り出すと、画面には幾つものメッセージが表示されている。シルヴィアは片手でそれに短く返信しながら、口を開く。

「この近辺で、リアムは見つからないそうだ。引き続き、捜させる」

シルヴィアは、日本に来てからずっと、自身はあちこち派手に遊び回って存在をアピールしながら、裏では自分の配下の者にリアムを捜させていたのだそうだ。彼女が日本に来ていることがわかれば、リアムの方から何か動きをみせるだろうと思って。

「リアムの方にも、おそらく協力者がいる。あの子は催眠術に長《た》けているからな、アメリカでも自分の味方になる人間を増やしていた。それでなくても、見た目は小さな子供だ。同情を引きやすい。……おそらく日本でも、同じようにして自分の意のままに動く部下を作っている」

そうした者達が、リアムを守り、隠しているのだ。

今はとにかく、リアムを見つけ出さなければならない。

　そのとき、廊下の向こうから、一人の男が歩いてくるのが見えた。

　まるで葬式帰りのような黒スーツの男。

「こんばんは。いえ、そろそろおはようですかね？」

　山路だった。

　御崎禅が夏樹を見る。

「……呼んだんですか」

「仕方ねえじゃねえか、どう考えても上司へのホウレンソウが必要な案件だろ」

　小声で夏樹がそう返した。

　山路がにこにこしながら言う。

「林原くんは本当に良い部下ですねえ。週末の真夜中にもかかわらず、きちんと上司に厄介事の相談ができるんですからね。ええ、勿論、こういう連絡は早い方がいい。寝ているところを叩き起こされて迷惑だなんて、私は一ミリも思っていませんよ」

「絶対思ってんじゃないすか、係長。――こちら、シルヴィアさんです」

　夏樹が顔をしかめつつ、山路にシルヴィアを紹介する。

　山路は笑顔のまま、シルヴィアに名刺を差し出した。

「林原の上司の山路です。いつも御崎先生にはお世話になっています」

「ああ、私の息子をいいようにこき使っているのはお前か」

御崎禅の血から情報を得ているからだろう、シルヴィアが山路を見る目は辛辣《しんらつ》だった。名刺は受け取ったものの、続いて差し出された握手の手は取ろうとしなかった。

山路は少し肩をすくめた後、今度は御崎禅に目を向けた。

「御崎先生。先程、御前から許可をいただきました」

山路の手には、小さな金色の鍵《かぎ》が握られていた。

手を、と言われて、御崎禅が右手を差し出す。

山路は御崎禅の右手首に嵌《は》まった腕輪に、鍵の先端でこつんと触れた。

途端、鍵穴どころか継ぎ目すら見当たらなかった腕輪が、ぱかりと開いて外れた。

落下しかけたそれを山路が器用に受け止め、自分の懐にしまい込む。

御崎禅は、調子を確かめるように、何度か手首をさすった。

それから一度目を閉じ、すうっと息を深く吸いながら、また開く。

両の瞳《ひとみ》が赤い輝きを宿し、唇の端からわずかに牙《きば》が覗《のぞ》いた。気配が変わったのが、あさひでさえはっきりとわかる。秀麗な美貌《びぼう》は凄《すご》みを増してなお美しく、けれど心臓が震えあがりそうなほどに恐ろしくも見える。……このひとは人ではないのだと、あらためて思い知らされる。

「おかえりなさい、御崎先生。……またよろしくお願いしますよ」

山路がそう言って、薄く笑った。

そして、数日が過ぎた。

シルヴィアはホテルの部屋を引き払い、滞在先を御崎禅のマンションに移した。シルヴィアの配下の者達は引き続きリアムを追っていたが、まだ成果は挙がっていないらしい。高良に手伝ってもらい、都内にいる人外の存在達からも情報を集めているところだという。

御崎禅は、シルヴィアの傍についていた。またリアムが襲ってきた際に守るためだ。異捜としても、基本的には人狼《じんろう》事件のときと同じスタンスで御崎禅を使うつもりらしい。夏樹は何やら忙しくしているようで、あまり顔を見ない。

なぜあさひがそんなに詳しく状況を把握しているのかといえば、あれからずっと御崎禅のマンションに通っているからだ。

しばらくは原稿どころではないだろうから、マンションに行くのは控えようかと思っていたのだが——箱根から戻った翌日、御崎禅から電話がかかってきたのだ。

『すみません、これは瀬名さんにお願いすることではないとは思うんですが』

申し訳なさそうな声でそう前置きして、御崎禅は言った。

『時間のあるときだけでいいので、シルヴィアの話し相手になってもらえませんか？　アレックスが傍にいないせいもあって、少々落ち着かないみたいなんです』

「話し相手、ですか？」

『ええ。夏樹は捜査に出ていますし、ルーナはシルヴィアに懐いていません。そして、残念ながら、僕は相手を和ませるのがあまり得意ではないんです』

「あー……」

　確かに、御崎禅はどちらかというと毒舌なタイプだ。ほんわかした発言というのはあまりないかもしれない。

『……今、全く否定しませんでしたね？　殺伐としたキャラですみませんでしたね』

「えっ、あっ、そんなことないです、御崎先生も意外と可愛いとこありますよ!?」

『別に可愛さは誰からも求められていませんよ。とにかく、瀬名さんが適任なんです』

　そう言われて、自分はそんな和ませキャラなのだろうかと、あさひは思う。そういえばあさひが御崎禅の担当につけられたのも、そんな理由だった気がするが。

　電話の向こうで、御崎禅が小さくため息を吐いた。

『というか――日常が、必要なんですよ』

「日常？」

『日々殺伐とした気分で過ごしていると、気が滅入《めい》る一方です。自分の日常がいかに変質してしまったのかを思い知ることになる。ふとした瞬間に楽に息を吐くためには、変わりない日常との接点が必要なんですよ』

確かにあさひは、シルヴィアの関係者の中で、リアムの捜索や捜査といったこととは一番遠い位置にいる人間ではある。自分なんかでよければ、いくらでも気晴らしに使ってもらってかまわないのだ。

そんなわけであさひは、時間の許す限り、シルヴィアに会いに行っていた。

そして、ルーナが入れてくれた紅茶を飲みながら、シルヴィアとまったくもってどうでもいい話をした。最近観た映画の話やハリウッド俳優のゴシップ、あさひが担当している作家達の話。シルヴィアは少し疲れた様子ではあったが、笑顔を見せてくれた。御崎禅があさひに隠れてこっそり執筆に取りかかっていたときの話をしたら、同席していた御崎禅がやめてくれと言わんばかりに咳払《せきばら》いをしたので、さらに微に入り細に入り話しておいた。あれは御崎禅が可愛かったエピソードの一つだと思うのだ。

けれど、ある日。

あさひがそんな風にどうでもいい話をしていたら――御崎禅のマンションに、訪問者があった。

来たのは、警視庁捜査一課の広野《ひろの》智彦《ともひこ》刑事と、山路だった。

あさひを見た広野は、例によって深々と眉間《みけん》に皺《しわ》を刻み、

「またいるのか、編集者。これから捜査に関わる話をするから、退出願いたい」

「御崎先生がその捜査に加わることになるのでしたら、わたしも同席させていただき

ます。御崎先生は新作長編の執筆を控えておりますので、今後の進捗《しんちょく》に影響を与えるような事柄についてはわたしも知っておきたいです」

もはやお約束のようなやりとりを交わす。

広野は一段と眉間の皺を深くした後、

「……じゃあ、今度こそ出るんだな。新作」

ぼそりと、そう呟《つぶや》いた。

あさひは力強くうなずき、

「ええ、出ますとも、今度こそ！　必ず！」

「そうか。必ずだな。しかも長編なんだな」

「——作家を差し置いて、読者と編集者でうなずき合うのはやめてくれませんか。広野さん、早く本題に入ってください」

御崎禅が顔をしかめて言う。広野はこう見えて、御崎禅の熱心な読者らしいのだ。

あさひに限らず、御崎禅ファンは常に新作に飢えているのである。

広野はしかめっ面のまま、それはそれ、これはこれ、という様子で、御崎禅の方を向いた。

「吸血鬼の仕業と見られる傷害事件が発生した。港区《みなと》で一件、杉並区《すぎなみ》で二件。どちらも軽傷だが、首筋に牙のような痕《あと》がついていた」

広野の言葉に、シルヴィアがはっとした顔をする。

「リアムの仕業か？」

「それは不明です。被害者達は皆、襲われた際の記憶を失っていました。おそらく暗示にかけたのでしょう」

シルヴィアに対しては一応丁寧な口調で、広野はそう説明した。

その横で山路が、汚れたガーゼが入ったビニール袋を取り出す。

「というわけで御崎先生、お仕事です」

御崎禅が無言でそれを受け取った。

ガーゼについている血は、被害者のものなのだろう。御崎禅はガーゼを唇に押し当て、一度目を閉じた。

一呼吸ほどの間をおいて、御崎禅が目を開ける。

その瞳は血の色に染まっていた。

真紅の双眸《そうぼう》が、リビングに置かれた大型のテレビの方に向けられる。すると、リモコンを操作したわけでもないのに、ばちっという音と共にテレビが勝手に点《つ》いた。映像が映し出される。暗い路地。向こうの方に街灯が一つだけ見えている。

念写だ。御崎禅は、血液から読み取ったその血の持ち主の記憶を、映像としてテレビなどに映すことができるのだ。暗示能力で記憶を消したところで、それはあくまで表層的なものでしかないのだろう。広野と山路が、その場に立ったままスマホを取り出し、テレビに映った映像を撮影し始める。公式の証拠として使えるものではないが、警察は御崎禅のこの能力を重宝している。

映し出された映像は、まるで手持ちカメラで撮ったかのように絶えず揺れている。時折画面が真っ黒になるのは、まばたきだ。血の持ち主は、夜の路地をゆっくりと進んでいく。

街灯の下に小さな人影を認めて、血の持ち主は足を止めた。

腹を抱えるような姿勢で、道端に子供がしゃがみこんでいる。

〈どうしたの？〉

声が聞こえる。女性の声。血の持ち主の声だろう。

うつむいていた子供が、声に反応して顔を上げた。箱根の別荘でアレックスを襲った子供だった。まだ幼い顔。淡い色の髪。大きな瞳《ひとみ》。肌の色は白く、暗闇の中で浮き上がるかのようだ。シルヴィアが、リアム、と呟く。

〈大丈夫？　お腹痛いの？〉

血の持ち主が子供に歩み寄る。

途端に子供が立ち上がり、地面を蹴《け》って飛びかかってきた。

赤く輝く瞳が夜闇の中をぐんとこちらに迫ったところで、映像は途切れた。

御崎禅がガーゼを下ろし、唇にこびりついた血をティッシュで拭《ぬぐ》った。

「――リアムの仕業で間違いないですね」

御崎禅が言う。

広野がスマホを下ろしながら、きつく顔をしかめた。

「なぜ急に人を襲うようになったんだ？　日本に来てしばらくは大人しくしていたんだろう」

「こちらを挑発しているんでしょうね。捕まえられるものならさっさと捕まえてみろと言ってるんですよ。シルヴィアが警察に協力を求めていることが、向こうにばれているんだと思います」

「なぜばれた？」

「それは……」

御崎禅が眉《まゆ》をひそめて口をつぐむ。彼にもわからなかったのだろう。

と、シルヴィアが言った。

「私が前にリアムに話したからだろう。一族の一人が日本にいて、警察に協力しているんだと教えたことがある」

「――成程。しかしまあ、厄介なものを日本に送り出してくれましたねえ」

山路が嫌味な口調でそう言って、シルヴィアを見る。

「そもそも、なぜあれはよりにもよって日本に来たんです？」

「……たぶん、禅が目当てだったんだろう」

シルヴィアの言葉に、あさひは目を見開いた。

思わず尋ねる。

「どうしてですか!?」

「あの子は――アメリカでも、私のお気に入りばかりを狙ったから」

暗い目をしながら、シルヴィアはそう答えた。

「私がよく禅の話をしていたのを覚えているんだろうな。殺せば、私が悲しむと思ったんだろう。……そんなに私が憎いのか、リアム」

シルヴィアの顔に、歪《ゆが》んだ笑みが浮かぶ。

怒りと憎しみが凝った瞳は、しかし今にも泣きそうな色をしていた。裂けるように開いた唇の端から長い牙《きば》が覗《のぞ》き、広野がびくりと身を強張《こわば》らせる。

「やっぱり――もっと早くに、殺しておくべきだった」

低い呟きが、牙の下から漏れる。

そしてシルヴィアは、吸血鬼の本性が顕《あらわ》れかけた顔を片手で覆った。深くうつむく。

ばさりと垂れた銀色の髪が、その顔をさらに覆った。

御崎禅が立ち上がり、シルヴィアの肩に手をかけた。

「シルヴィア。少し向こうの部屋で休みましょう」

そう言って、彼女を立ち上がらせる。シルヴィアは大人しくそれに従った。

二人が出て行くと、広野はほっとしたような顔で体の力を抜いた。

それを見ながら、あさひは、ああやっぱりこの人は吸血鬼が怖いんだなと思う。そういえば広野は、御崎禅に対してもあまり心を開いた様子がない。作品のファンではあるようなのだが、いつもどこか御崎禅に対して壁を作っているような態度を取る。それもまた、吸血鬼という存在に対する恐怖からきているものだったのかもしれない。

あさひの視線に気づいた広野が、ややばつの悪そうな顔をした。

「――今の映像から、リアムという吸血鬼の顔写真が作れそうだ。早速本庁に戻って手配することにする」

軽く咳払《せきばら》いしてそう言うと、もう用は済んだとばかりに広野はさっさと出て行った。

あさひは、山路に視線を移した。

広野が出て行っても、山路はなぜかその場に立ったままだった。

「……あなたは帰らないんですか？」

「瀬名さんこそ、お帰りにならないので？」

片方の眉をひょいと上げ、山路が言う。

あさひは少しむっとして、

「わたしは、先生がお戻りになってから、帰りますと挨拶《あいさつ》して帰るつもりです」

「そうですか、それは礼儀正しいことで」

山路はそう言って、さっきまでシルヴィアが座っていた席に腰を下ろした。何だこいつ帰らないつもりかと、あさひは思わず目を剝《む》く。帰ればいいのに。

山路は、シルヴィアが使っていた紅茶のカップがテーブルに置きっぱなしになっているのを見て、いつもの笑みを浮かべた。

「私も紅茶が欲しいんですがねえ。ルーナちゃんは、私には入れてくれないんでしょうか」

聞こえよがしに山路が言うと、キッチンの方からルーナがふしゃーっと威嚇する声が聞こえた。絶対お断りだ、と言っているらしい。

やれやれとわざとらしく肩をすくめて、山路は言った。

「瀬名さん。――あなたは本当に、稀有《けう》な人材ですねえ」

「はい？」

「さっきの広野くんの反応を見たでしょう。あれが普通なんですよ。人の血を吸う化け物が本性を顕せば、普通は怯《おび》えるんです」

緩く両手を組んでソファの背もたれに身を預け、山路は軽く天井を見上げた。

「林原くんやあなたのような存在が、御崎先生の傍には必要です。――せいぜい、長持ちしてくださいね」

「長持ちって……前にもそんなこと言ってましたよね。人をものみたいに」

「ああ、これは失礼。しかし、林原くんの前任者は、すぐに異捜を辞めてしまいましたから」

「え？」

「優秀な人材だったんですがねえ。残念ながら、精神的には普通すぎた。林原くんのような異常性が必要なんですよ、異捜の刑事でいるにはね」

「異常性って……自分の部下に対して、随分ひどい言葉を使いますね」

「自分が生贄《いけにえ》であることをわかっていて、平気で化け物と付き合える奴は、やっぱりちょっとおかしいでしょう？」

山路が言う。

生贄、という言葉に、あさひは目を瞠《みは》る。

山路が、はは、と声を出して笑った。

「今更驚くようなことですか？　御崎先生は、異捜の刑事からは血を吸ってもかまわないことになっているんです。つまり、異捜の刑事であるということは、警察が用意した吸血鬼への生贄だということに等しい。……林原くんの前任者は、それに耐えられなかった」

「それは……生贄という言葉を使うのが悪いんじゃないでしょうか。非常時の輸血と同じようなものと思えばよかったのでは」

「輸血というのはね、首筋に嚙《か》みついて血を吸う行為とは全然違うものですよ。実際に血を吸われたんだから、あなただってそのくらいわかっているでしょうに」

　天井を見上げていた視線を下ろし、山路はあさひを見つめた。

　その顔に、いつもの笑みはない。代わりに、こちらの心を覗き込むような冷たさがある。あさひは心臓を冷えた指にぎゅっとつかまれたような気分を味わいながら、山路を見つめ返す。

「いいですか、瀬名さん。あなたの担当作家の、門脇先生のことを思い出してみてください。彼は、愛する彼女の首が宙を飛んだというだけで、パニックに陥ったでしょう？　あなたは随分と心を痛めていたようですが、あれが普通です。何も言わずとも思考を読まれてしまうのだって、気味が悪いと思いませんか？　御崎先生も桐野香苗も九条高良も、化け物なんです。それなのに、あなたや林原は、何の抵抗も感じずに彼らと親しくできている。私に言わせれば、実に不思議です。……まあ、林原が人外の存在に対して抵抗を感じないのは、彼の生い立ちのせいですがね」

「え……？」

「私も記録を調べて知ったんですがね。彼は小学二年生のときに、児相に一時保護されてるんです」

あさひは一瞬、山路が口にした「ジソウ」という言葉の意味をつかみかねる。

でもすぐに、それが「児童相談所」のことであると気づいて、驚いた。

それは、開けっ広げな性格で誰に対しても人懐こい林原夏樹という男とは、あまり結びつかない言葉のように思えたから。

山路は言った。

「彼の母親は、あまり家に帰ってこないタイプの人だったみたいです。父親は、とっくに離婚していてね。食費だといってわずかばかりのお金を置いて、母親は随分と長いこと他所《よそ》の男のところに行ってしまう。金はいずれ尽きるし、他にも諸々《もろもろ》生活に必要なことというのがあるもんでしょう。それでも母親は、家に戻らなかった。児相が当時の彼から聞き取りした調書によると、どうも三ヶ月くらい家を空けたこともあるようでね。普通、その歳の子供がそれだけネグレクトされると、学校側が気づくんです。見た目がもうやばい感じになりますから。しかし、彼がネグレクトされていることに気づいた大人はいなかった」

「どういうことですか？」

「彼の面倒を見ていた者がいたからです」

そう言って、山路はまた斜めに天井を見上げる。

「林原は、児相に保護される前に、まず警察に保護されています。空き家に出入りしている子供がいる、と警察に通報があったんですよ。警察官が様子を見に行ってみると、ちょうど林原が出てくるところだった。勝手に空き家に入ったら駄目だと叱ると、林原は言ったそうです。『ここはおばあちゃんの家だ』と」

「おばあちゃんの家……？」

「警察官は、すぐに空き家の中を確かめました。すると、そこは間違いなく空き家で、おばあちゃんなどおらず、そもそも人が住んでいる痕跡《こんせき》自体、全くなかった。中は荒れ放題でね。でも林原は、いつもこの家で、おばあちゃんにごはんやおやつをもらっていると言ったそうです。洗濯物を持っていけば遊んでいる間に綺麗《きれい》にしてもらえたし、散髪もしてもらえたし、学校で使う雑巾《ぞうきん》だって縫ってもらえたそうで。——さて、それでは、そんな至れり尽くせりなお世話をしてくれたのは、一体誰だったんでしょうね？　ああ、ちなみに林原は、警察官と一緒に空き家の中を確認したときに、ひどく驚いていたそうですよ。『家の中が全然違う、こんなじゃなかった』と言ってね」

それは——まるで怪談のようではないか。

幼い夏樹は、その空き家の中で一体何を見ていたのだろう。

いや、そもそも夏樹が過ごしていたのは、本当にその空き家だったのか。

おばあちゃんとは、何者だったのか。

「警察官が林原を彼の家に送り、その道すがら、彼と話して、ネグレクトされていることに気づいたそうです。そうして児相に報告がいった。結局林原は、親元を離れて育ったようですね。おばあちゃんが何者であったのかは、いまだに謎のままです」

山路が言った。

「思うに、そのおばあちゃんというのは、やはり人外の存在だったんでしょう。そういう過去があるもんだから、林原という男には、人と人外の存在の区別がついていないんです。基本的には善性に満ちあふれた男ですが、苦労している分、状況判断も早いし、自分の立場を守るための狡猾《こうかつ》さも持っている」

「こ、狡猾さって」

それもまた夏樹には似合わない言葉のように思えた。

けれど山路はにやりと笑って、

「だって林原は、滅多に私に逆らわないでしょう？　下手に逆らって異捜から外されたら、私から御崎先生を守れなくなると思ってるんでしょう。瀬名さんのように後先考えず、誰彼かまわずに突っ込んでいくようなことは、決してしない男です。本当に、異捜に来るべくして来た人材ですよ。——しかし瀬名さん、あなたや大橋さんのような人達は、私にとっては大いなる謎です」

山路はそう言って、顔をしかめてみせた。

大橋というのは、あさひの前に御崎禅を担当していた大橋編集長のことだろう。どうにもつかみどころがないうえにチェシャ猫のように笑う男だが、あれと一緒にされたくないなとあさひは思う。

山路はまたあさひを見て、少し身を乗り出し、この世の真理でも探究しようとするかのような顔で尋ねてきた。

「教えてくれませんかね、瀬名さん。あなたや大橋さんが御崎先生に対して何の抵抗も抱かなかったのは、編集者だからですか？　仕事人間だからなんですか」

「いや、そんなこと言われても……」

あさひは少し眉《まゆ》を寄せて考える。仕事人間だから大丈夫、というまとめ方をされるのは、なんだかちょっと嫌だ。

あさひが人外の存在に対して何の抵抗も抱いていないのは、最初に会ったのが御崎禅だからだったのだろうとは思う。もし最初の出会いがのっぺらぼうや人狼《じんろう》だったならば、話はだいぶ違っていたことだろう。

……御崎禅のことを怖いと思ったことは、実は何度かある。

御崎禅が吸血鬼としての気配を全開にしたときなどは、首筋の皮膚が粟立《あわだ》つような感覚を覚えた。生き物としての格の違いを見せつけられたような、本能的な恐怖だ。

でも、御崎禅を嫌悪したことは、一度たりともない。

広野も、夏樹の前任の刑事も、もっと御崎禅と話してみればいいのだ。そうすれば、彼の心が人と変わらないことがよくわかるのに。

それに――それに、あさひは。

「編集者だから、っていう理由に近いのかもしれませんけど……わたしは、小説には書いた人の性根が出ると思うんです」

あさひは口を開いた。

山路が少し目を細める。

あさひは続ける。

「わたしは、御崎先生が書いたものが好きなんです。だから、人だろうと人でなかろうと、関係ないです。好きなもののことは――信じます」

……他人に対して胸を張って言えること、というのは実はそんなにない気がする。少なくとも、あさひはそうだ。すぐに自信がなくなって、違うかも、と思ってしまう。

でも、こればかりは胸を張って、大声で言える。

誰が相手であろうと、断言できる。

あさひは、御崎禅が書く小説が好きだ。

御崎禅のことが――好きだ。

「……は、はは、あははは、成程成程！　結構ですね！」

山路が手を叩《たた》いて笑った。

それは珍しく、本当に珍しいことに、彼の本物の笑顔のようだった。この人こんな普通の顔で笑えたんだと、あさひは少し驚いた。

「いやいや、やはりあなたには長持ちしてもらわないと困ります。……——ねえ、御崎先生？」

ふいにそう言って山路が扉の方を振り返り、あさひはびくっとしてそちらを見た。

御崎禅が、扉を開けてリビングに入ってくるところだった。後ろにはシルヴィアもいる。

御崎禅は胡乱《うろん》な表情で山路を見て、

「随分と楽しそうにしてるじゃないですか。……一体何の話をしていたんです？」

「ですから、長持ちしてほしいという話ですよ。シルヴィアさんは、もう気分は良くなったんですか？」

「ああ。少し出かけてこようと思う」

シルヴィアがうなずいた。

山路がいつもの仮面のような笑みに戻って言う。

「ほう。どちらに？　リアムくんの捜索でしたら、まずは警察にまかせてほしいですね。あなた達吸血鬼がまともにぶつかり合うと、周囲に被害が出そうです」

「直接捜しに行くわけじゃない。占いをしてもらってくる」

「占い？」

「というか、予言だな。件《くだん》に会いに行く」

「菫さんに？」

菫──水森《みなもり》菫は、占い師だ。見た目は妖艶《ようえん》でナイスバディな美女だが、その正体は件という妖怪である。伝説にあるような牛の頭だったりはしないけれども。

件は未来を予言することができる。

そうだ。なぜもっと早く考えつかなかったのだろう。菫ならば、リアムに関する未来を予言してくれるかもしれない。上手《うま》くすれば、リアムがどこにいるかとか、どうやって決着がつくかといったことまでわかるだろう。

御崎禅が言った。

「菫さんには、もう連絡を入れてあります。これからシルヴィアを連れて行ってきますので、申し訳ありませんが、瀬名さんは、今日のところはもう──」

「──いいじゃないですか、瀬名さんも連れていけば」

山路が、御崎禅の言葉を遮るようにそう言った。

御崎禅が眉をひそめて山路を見る。山路はにこにこしながら御崎禅を見返す。

「菫さんは瀬名さんとも面識があるでしょう。会いたがってるかもしれないじゃないですか、瀬名さんも連れて行ってあげてください。ついでに私からもよろしくと、菫さんにはお伝えください」

いいから行ってこいとばかりに、山路があさひの方にも顔を向けた。

山路は何を考えているんだろうと思いつつ、しかし菫の予言は聞いてみたい気もして、あさひはソファから立ち上がる。

「あの、もしご迷惑じゃなければ、わたしもご一緒させてください」

「瀬名さんまで……」

御崎禅が困ったような顔をする。

「いいじゃないか。あさひも一緒に連れて行こう」

シルヴィアがそう言って、とりなすように御崎禅の肩を叩き、御崎禅は渋々あさひの同行を許可してくれた。

菫が働いている占いの館《やかた》は、表参道にある。

青山《あおやま》通りから何本か路地を奥に入ったところにある小綺麗《こぎれい》なビルの二階だ。菫の他に何人もの占い師がおり、それぞれカーテンで区切られた小部屋を持っている。

菫の部屋は一番奥の、ドレープたっぷりの深紫のカーテンに囲われた空間だ。中は意外と広く、天井からは小ぶりのシャンデリアが吊《つ》るされ、アンティーク調のテーブルと椅子が置かれている。

菫はテーブルの向こうに座り、艶然と微笑みながらあさひ達を迎えた。

「待ってましたわ、禅。あさひさんも、おひさしぶりね」

歌うような不思議な抑揚のある声で、菫が言う。

ゆるく巻いた長い漆黒の髪。長い睫毛《まつげ》の下の、神秘的な黒い瞳《ひとみ》。口元には、まるでマリリン・モンローのようなほくろがある。黒のロングドレスに包まれた体は、何とシルヴィアよりも胸が大きい。テーブルの上に別に必要もない水晶玉が置いてあるせいもあって、件というよりは魔女にしか見えないひとである。

「菫さん、無理を言ってすみません。先約が入っていたのではありませんか？」

「うふふ、禅の頼みですもの。本当に申し訳ないとは思ったのですけれど、先約のお客様については、今日は日が悪いからといって後日に調整させていただきましたわ。――それで、その方が禅の『お母様』？　ご挨拶できて嬉しいわ、わたくし――」

言いながら、菫がシルヴィアに視線を移す。

その途端のことだった。

菫ははっと目を見開き、口元を押さえて立ち上がった。がたりと椅子が鳴り、テーブルが揺れて水晶玉が転げ落ちそうになる。

けれど菫はそんなものは目にも入っていない様子で、茫然《ぼうぜん》とシルヴィアを見つめ続けていた。

「……菫さん？」

御崎禅が問いかける。

菫はびくりとして御崎禅に視線を戻し――小さく悲鳴を上げて顔を歪《ゆが》めた。

御崎禅が目を細め、もう一度呼びかける。

「菫さん」

嫌、嫌、と呟《つぶや》きながら、菫は両手で顔を覆う。けれど、細い指の隙間から、件の両目は御崎禅の方を見つめ続けている。目を離せないのだ。

その目に映る未来が、あまりに恐ろしすぎて。

「菫さん！」

御崎禅が手をのばし、テーブル越しに菫の腕をつかんだ。

菫の体が、またびくりと震えた。顔を覆っていた両手がぱたりと下ろされ、どこか宙を見つめるようだったその瞳が、ようやく御崎禅に焦点を合わせる。

御崎禅が尋ねた。

「菫さん。――何が視えたんです？」

「禅……手を、放してくださらないかしら。そんなに強くつかんだら、痛いわ」

菫が言う。

御崎禅が手を放すと、菫はへたり込むように椅子に腰を下ろした。顔がすっかり青ざめている。テーブルの縁をつかんだ手が、細かく震えていた。

シルヴィアはそんな菫を見つめ、唇の片端だけを上げて笑った。

「――そうか。私は死ぬのか」

どこか楽しそうにさえ聞こえるその呟きに、菫は幽霊を見るような目つきを返して、小さくうなずいた。

シルヴィアがテーブルに身を乗り出した。

「件。聞かせてくれ。私は、いつどうやって死ぬ？」

「……あなたは」

件が予言する。

「あなたは、朝に死ぬ」

「朝？」

「森の中かしら、たくさん木の生えているところに、壁の破れた廃屋がある。あなたはそこで血を流している。そして……朝陽《あさひ》の中で、燃え尽きて死ぬ」

そして菫は、御崎禅に目を向けた。

紅《あか》い唇が、かすれた声を吐き出す。

「禅。あなたも、そこにいる。あなたは床に倒れてる。肩を撃たれているわ。そして、彼女と同じように死ぬ」

最後に、菫はあさひに目を向けた。

そして、とても残酷な予言を告げた。

「あさひさん。……あなたも、同じ場所にいる。あなたは、二人の死を、目の当たりにするの」


件の予言は当たる。

なぜならそれは、これから起こる未来そのものだからだ。

菫は未来を視る目を持っている。誰かの顔や、あるいは場所を目に入れた際、未来の景色が重なって見えるのだそうだ。プロジェクターで映像を投影したかのように。

だが、未来というのは不確実なものだ。

少しでも別の要素が入り込めば、たやすく別の道へと進路を変える。死ぬはずだった者は生き、また別の者に死が与えられることもある。正しい対処さえできれば、誰も死なない未来をつかみ取ることだってできなくはない。事実、菫はこれまで幾つもの未来をそうやって変えてきたという。

ならば今回も――そうするしかなかった。

占いの館を出た御崎禅は、その場で夏樹に電話をかけ、菫の予言を伝えた。予言にあった『森の中の廃屋』という情報から、リアムの潜伏先が都内ではない可能性も考慮に入れて、さらに捜査の手を広げる必要があった。

菫の視た未来に、リアムの姿はなかったらしい。二人が血を流していたということは、リアムに襲われた後だろう。……取り逃がしたということだろうか。

夏樹との通話を終えた御崎禅は、シルヴィアに目を向けた。

シルヴィアはどこかぼんやりした顔で、遠くを見ていた。

「──シルヴィア」

御崎禅が呼びかける。

シルヴィアは聞こえていないかのように、遠くを見たままだった。

「シルヴィア！」

御崎禅がその肩をつかみ、こっちを向かせた。

「馬鹿なことを考えていないでしょうね」

強い視線でシルヴィアを見つめて、御崎禅が言う。

シルヴィアは御崎禅を見つめ返して、また唇の片端を上げた。

「……馬鹿なことって？」

「──いいですか、シルヴィア。リアムに殺されてやってもいい、などとは決して考えないことです。わかりましたね？」

御崎禅の言葉に、シルヴィアは答えなかった。

ただ、もう片方の唇の端も上げて、笑ってみせた。

どこか諦《あきら》めたようなその笑みに、あさひは思わずシルヴィアの腕に触れる。

「シルヴィアさん。未来は変わります。変えられるんです。……変えましょう」

「──ああ……そうだな」

シルヴィアの笑みはやはり力なかった。

御崎禅がまた口を開いた。

「シルヴィア。──もしもリアムと僕がまともに戦ったら、どちらが勝ちますか？」

「リアムだ」

今度は即答だった。

シルヴィアは、固めた拳《こぶし》でどんと御崎禅の胸を叩き、

「言っただろう。あの子は強い。ろくに生き血も飲んでいないようなヒョロヒョロが勝てる相手だと思うなよ。……だから、あの子とは、私が戦う」

「あなたなら勝てるんですか？」

「……おそらくは」

「負ける可能性の方が高そうな言い方をしないでください。──では、せいぜいまともに戦わなくて済むやり方を考えるしかありませんね」

御崎禅はそう言って、視線を伏せた。

その翌日の夜も、あさひは御崎禅のマンションを訪ねた。

……行くかどうかは、正直、迷った。

菫が視た未来を回避するためには、極力、未来の光景と同じ状況を作らないようにしなければならない。二人の死の場面にあさひも立ち会っていたというのならば、そもそもこの三人が同じ場所にいてはいけないのかもしれないとも思った。

けれど、菫が視た場所は、御崎禅のマンションではなかったのだ。どことも知れぬ森の中の廃屋ということであれば、あさひが御崎禅を訪問するのを避けたところで、あまり意味はないだろう。

——などというのは所詮《しょせん》は苦しい言い訳なのだと、自分でもわかっていた。

ただあさひが、御崎禅とシルヴィアの傍《そば》にいたかったのだ。

未来は変わる。

けれど、望んだ形に変わるとは限らない。

もしかしたら、その場にあさひがいるという部分だけが変わって、二人はやっぱり死んでしまうかもしれない。昨日会ったのを最後に、もう二度と会えなくなることだってありうるのだ。そう思うと怖くて、いてもたってもいられなくて、気づいたら自由が丘まで来てしまっていた。

いつものようにルーナに扉を開けてもらい、リビングに足を踏み入れると、そこにシルヴィアの姿はなかった。

御崎禅は、リビングで映画を観ていた。あさひもよく知っている映画だった。『インタビュー・ウィズ・ヴァンパイア』だ。まだ観始めてからさほど経っていないらしい。ブラッド・ピット演じるルイが、自分の屋敷に火を放つシーンだった。……よりにもよって、とあさひは思う。

御崎禅は、あさひがリビングに入ってくると、画面から視線をこちらに向け、

「こんばんは、瀬名さん。せっかく来ていただいたのに申し訳ありませんが、シルヴィアは別室で休んでいます。……どうしますか？」

「では、御崎先生と一緒に映画を観てもいいですか？」

「ご自由に」

御崎禅がうなずいてくれたので、あさひはソファに腰を下ろした。

ルーナが紅茶を入れてくれる。香り高いアールグレイ。ルーナはいつも、自由が丘駅前にあるＴＷＧで紅茶を買っているという。この部屋で飲む紅茶があまりにもおいしいので、前に同じ茶葉を買って家で入れてみたことがあるのだが、ルーナほどは上《う》手《ま》く入れられなかった。対猫語の意思疎通は難しそうだが、いつかルーナから極意を

教わりたいと思っている。

あさひの分の紅茶を入れたルーナは、いつもならキッチンに引っ込むのだが、今日は御崎禅にぴったりと寄り添うようにしてソファの端に座り、一緒に映画を観ていた。御崎禅も何も言わずに片手を持ち上げ、その頭をなでてやる。映画の中では、ルイがクローディアに出会うシーンが流れている。ルイに血を吸われ、レスタトによって吸血鬼に変えられてしまう幼い少女。クローディア役のキルスティン・ダンストは撮影当時十一歳だったというが、とにかく芝居が上手い。物語が進むにつれて、心だけが大人になっていく様が、表情の変化ではっきりとわかるのだ。

映画に観入っているふりをしながら、あさひは御崎禅の様子を窺《うかが》った。

リアムの手がかりはまだ何も得られていないのだろうな、と思う。

シルヴィアの配下の者からも、夏樹からも、高良からも、特に連絡はないのだろう。

映画が進む。クローディアは永遠に大人になれない我が身に気づき、レスタトとルイを激しく責め、そして——レスタトを殺そうとする。

クローディアの怒りは、そのままリアムの怒りと同じだ。クローディアがレスタトを憎んだように、リアムもまたシルヴィアを憎んだ。

映画が進む。ルイはクローディアを連れて、ヨーロッパに渡る。そして、パリの街で、同族と出会う。

だが、パリの吸血鬼達は、ルイとクローディアがレスタトを殺したことを察して、二人を罰しようとする。同族殺しは彼らにとって罪だから。

ああ、もうすぐ——あのシーンが、やってくる。

「……先生」

あさひは思わず口を開いた。

御崎禅がこちらを見る。

あさひは画面から目をそらしながら、言った。

「先生。今日は、ここまでにしませんか」

映画の中では、捕らえられたルイが壁に埋め込まれて悲鳴を上げている。

もうすぐ、陽を浴びた吸血鬼がどうなるのかというシーンになる。

観たくなかった。今は。

「……そうですね」

御崎禅がリモコンに手をのばし、停止ボタンを押した。

途端に、しん、と部屋の中が静まり返る。

ルーナが立ち上がり、キッチンへと戻っていった。お湯を沸かす気配がする。

あさひは努めて明るい声を出す。

「御崎先生。ところで、原稿の件なんですが！」

「……ああ。そうでしたね。まだ打ち合わせの途中でしたね」

御崎禅がそっと微笑むようにして言う。

会話が途切れた途端、部屋の中にはたちまち沈黙が落ちる。それを嫌うかのように、あさひも御崎禅も話し続ける。

「そうですよ、編集長も小夜さんもずっと原稿待ってるんですから！」

「大橋さんはともかく、小夜さんに待たれていると言われると、少し心苦しいですね」

「だったら、早く書きましょうよ」

「そうですね、書かないといけませんね」

ああ自分達は一体何を話しているのだろう、と思う。

今はとても原稿など書いている場合ではない。そんなことは二人ともわかっているのに。

まるで困ったことなど何一つ起きていないかのように、不吉な未来など聞いたこともないという顔をして、平和な日常を続けているふりをしている。

だって、殺伐とした気分で過ごしていると、気が滅入《めい》る一方だから。自分の日常がいかに変質してしまったのかを思い知るのは辛《つら》いから。

たとえままごとでしかなくても、少しでもいいから日常を取り戻したいのだと思う。

ルーナが新しい紅茶を入れてくれる。温かなカップを受け取り、あさひはルーナに礼を言う。ルーナはなんだか泣きそうな目をしながら、またキッチンに引っ込む。ルーナも聞いたのだろう、菫の予言の内容を。

あさひはひと口紅茶を飲み、精一杯笑って、御崎禅に言った。

「そうですよ、御崎先生。ハッピーエンドで終わる小説を書きましょう！」

――禅。あなたは床に倒れてる。

――肩を撃たれているわ。そして、彼女と同じように死ぬ。

菫の予言が、頭から離れない。

「楽しいお話がいいです。別にげらげら笑うような話じゃなくていいんです。読んだ人がちょっとだけ幸せになるような、そんなお話を書きましょう」

目の前にいるこのひとが、もうすぐ死んでしまうかもしれないなんて嘘だ。

そんな未来が来ていいわけがなかった。

結局そのまま深夜まで御崎禅と話し込んでしまって、あさひは終電を逃した。

「仕方ないですね、泊っていきますか？」

「……え、えええっ？」

「他の階の空き部屋に、ですよ」

一瞬動揺したあさひに、御崎禅がしかめっ面を作って言う。

このマンションは六階に御崎禅とルーナが、五階に夏樹が住んでいるだけで、他の階は全て空いている。オーナーの御崎禅さえ許せば住めるようなのだが、前に打診してみたら断られた。同じ建物に住めば原稿の催促がしやすくなると考えるような鬼編集に貸す部屋はないのだという。

「いいです、帰ります。駅前まで出たら、タクシー捕まえられると思うので」

「では、送りますよ。こんな時間に女性を一人で歩かせるわけにはいきません」

「あ、いいですいいです！　駅まで近いんですし、大丈夫ですよ。先生は、シルヴィアさんについていてあげてください」

あさひはそう言って、一人で御崎禅のマンションを出た。

これ以上傍にいたら、本当に離れがたくなってしまう気がしたのだ。

人気《ひとけ》のない暗い夜道を駅に向かって歩きながら、あさひは空を見上げた。

箱根で見たあの圧倒的な星空を思うと、都会の夜空というのは本当に寂しいものだった。街の明かりを吸い込みすぎた空はなんだかぼんやりとした灰色を帯びていて、星などろくに見当たらない。

御崎禅は、二人で星を見たことを百年先でもあざやかに思い出すだろうと言った。

あさひの時間はもうあと数十年で尽きるだろうけれど、その間だけでも忘れまいと思う。

そう、ただ覚えておけばいいのだ。

あのとき並んで見上げた星の美しさと共に——あのひとを好きだと思ったことも。

だって、あまりに分不相応な恋心だし、どうせ叶《かな》うわけもない。

御崎禅の心は今でも、運命の恋人のものなのだから。

『輪舞曲《ロンド》』を読みすぎたこの頭は、今でも時折、奇妙な夢をひねり出してくる。前ほど頻繁ではないけれど、起きると涙を流していることがある。

夢の中のあさひは、『輪舞曲』ウィーン篇のルイーズであることが多い。御崎禅にどこか似ているような気がする、でも顔は全然御崎禅とは違うユリウスという男性と恋仲だ。ルイーズじゃなければ、アナだったりもする。アナは、アメリカ篇に名前だけ出てくる女性だ。ルイーズがよく口ずさんでいたメロディを楽譜に残した歌手。

昨日は、アナが楽譜を走り書きしたまさにそのシーンを夢に見てしまった。そんなシーンは『輪舞曲』には登場しないのに、我ながらたいした妄想力だと思う。

『輪舞曲』に出てくる男性を愛《いと》しいと思うあの気持ちは、結局は御崎禅に向かう気持ちだ。あさひにとって『輪舞曲』は、そのまま御崎禅自身の物語なのだから。

『輪舞曲』が完全な実話ではなく、虚構を交えた物語だとわかってもなお——あれは、御崎禅というひとの心を描いた物語なのだから。

彼が運命の恋人に捧《ささ》げ続けたあの心が、あさひは本当に愛しくてたまらない。

だから——蓋《ふた》をして、大事にしまっておけばいいのだ、あさひ自身の恋心は。永久に片想いのままでいい。

そうは思っても、やっぱりなんだか泣けてきて、ぐす、とあさひは洟《はな》をすった。駅前のロータリーが見えてくる。タクシーは捕まえられるだろうか。駄目なら、電話をかけて呼べばいい。

だが——そのときだった。

後ろから音もなくやってきたミニバンが、あさひのすぐ横に並んだ。え、と思う間もなく、開いた扉の中からのびてきた腕があさひを捕らえて、中に引きずり込む。

映画やドラマでよく見る誘拐シーンそのままに。

「——な、何ですか一体……っ」

暴れ騒ごうとしたあさひの口を、大きな手が押さえつけた。

首筋に何かが押し当てられる。噴霧音が聞こえ、急速に意識がぼやけていく。嘘でしょう、と思った。全てがまるで映画の中の出来事であるかのように手際よく、まるで現実味がなかった。

ぼやけた意識の中で、あさひは自分の袖口《そでぐち》がめくられるのを他人事《ひとごと》みたいに眺めていた。誰かがあさひの腕に、刃物を押しつけようとしている。やめてください。どうしてそんなことを。確かにそう叫んだと自分では思ったのに、口から出てきた声は恐ろしく弱々しくて呂律《ろれつ》も回っておらず、自分でもびっくりする。それでももう一度、あさひは言う。やめて。だが、もうその声は、言葉にすらなっていない。ぐらん、と頭が傾く。それと同時に、意識も傾く。

まるで奈落《ならく》に落ち込むように、あさひの意識は暗闇の中に滑り落ちていった。

——気がついたとき、あさひはどこかの床の上に転がされていた。

自分の髪が顔にかぶさっているせいで、周りがよく見えない。頬に、毛羽立った感じの布が当たっていた。たぶん床に敷いてあるカーペットか何かだろう。薄っぺらな布地を通して、その下の硬い床の感触が丸わかりだった。平らと見せかけて、なんだか継ぎ目のようなものがある。両腕が動かせない。後ろ手に縛られているようだ。そのせいで、肩も腕も痛い。左腕には、鋭い痛みも感じる。でも、両脚は無事だ。拘束もされていない。あさひはなんとか体の向きを変えようとする。

「あ、起きた」

すぐ近くでそんな声が聞こえて、あさひはびくりとした。まだ幼く甲高い声。

小さな指が、あさひの顔にかかっていた髪をかき分けるようにしてどけてくれる。天使のように愛らしい顔をした子供が、あさひを覗《のぞ》き込んで、こう言った。

「おねえさん、おはよう。まだ全然夜中だけどね」

ややﾞ癖のある短い赤毛。ミルクのように白い肌。つんと尖《とが》った小さな鼻が可愛らしい。まだたった七歳の、あどけない顔。あさひの傍らの床にぺたんと座り込んだ姿勢も、どこぞのキッズスペースで遊んでいる子供達のそれと全く変わらない。

けれど——大きな緑の瞳《ひとみ》だけが、七歳の子供にはありえない落ち着きと皮肉を帯びていた。彼がその目で見つめてきた長い年月が、瞳の奥で凝っているのだ。

あさひは彼の名を呼んだ。

「……リアムくん」

「くん付けされると、なんかこそばゆいね」

鼻の先を指でこすり、リアムが笑う。

流暢《りゅうちょう》な日本語だった。たぶんリアムも、シルヴィアと同じように、誰か日本語がわかる者の血を吸って学んだのだろう。

「大丈夫？　吐き気がするとか、どこか痺《しび》れてるとか、そういうことない？　おねえさんに使った薬、ただの麻酔薬ではあるんだけど、日本のじゃないんだよね。日本人の体に合うかどうかわかんなくて」

「吐き気も、痺れも、ないけど……まだちょっと、だるいね」

「そっか。でもまあ、そのうち治ると思うよ。心配しないで」

無邪気な声で、実に気安くリアムは言う。薬を使って人をさらったくせに、おかしな心配をするものだと思う。

あさひはどうにか首を巡らせて、周りを見回した。

ワンルームの、なんだか古い事務所のような部屋だった。あさひが足を向けている側に、安っぽい感じの玄関扉が見える。壁には何かの工事の進捗表《しんちょくひょう》が貼られた掲示板があるが、記された日付は去年のもので、しかも途中でストップしている。三段の事務用キャビネットが置かれた前は打ち合わせスペースのようだが、そこに据えられた低いテーブルもソファも、なんとなく打ち捨てられて褪色《たいしょく》したような雰囲気があった。

あさひが倒れているのは、その奥にあるダイニングらしきスペースだ。高いテーブルと椅子が置かれたすぐ横に転がされている。どうせならソファに転がしてくれればいいのにと思わなくもないが、それは贅沢《ぜいたく》というものなのだろう。あさひの頭がある側は、キッチンのようだ。食器棚や中型の冷蔵庫が見える。

リアムはまだ全然夜中だと言っていたが、外の様子が伺えるようなところはなかった。窓がないのだ。打ち合わせスペースの横の壁は一面が掃《は》き出し窓になっているようだが、ぶ厚いカーテンが引かれているため、外は全く見えない。

そして、そのカーテンの前に、四人の男達が横一列に並んで立っていた。

あさひをさらったのは、たぶん彼らなのだと思う。四人ともまだ若そうで、ガタイも良い。革ジャンやスタジャンをまとった彼らは、耳がピアスだらけだったり、首筋に刺青《いれずみ》が入っていたりと、なんというか全般的に治安のよろしくない雰囲気だった。

半グレとか、ヤのつく職業とか、そういう人達にしか見えない。

だが、彼らは一様にぼんやりとした表情で、まるで人形のように宙を見つめていた。

あさひの視線に気づいたリアムが、くすっと笑った。

「あの人達は、俺の一時的な友達。——俺の言うことなら、何でも聞いてくれるんだ。おねえさんをさらってきてってお願いしたら、その通りにして俺のところまで連れてきてくれた」

リアムの瞳が、赤い光を帯びる。あさひは慌ててリアムから目をそらした。

あの男達は、リアムの催眠術で操られているようだ。催眠術は、吸血鬼が持つ特殊能力の一つである。

ここはリアムの潜伏先なのだろう。自分はどのくらいの時間眠らされて運ばれてきたのだろうか。せめて時間を確認したかったが、部屋の中に時計はなく、後ろ手に縛られていては腕時計も見られない。自由が丘からどのくらい離れているのだろう。

「ああ、おねえさんを殺すつもりはないから、安心して」

リアムはそう言って、よしよしとあさひの頭をなでた。

「おねえさんは、ただの囮《おとり》なんだ。シルヴィアを呼び寄せるためのね」

リアムの手が、あさひの左手首を強くつかむ。傷を抉《えぐ》られるような熱い痛みに、あさひは小さく悲鳴を上げた。

「ここ。ちょっと切らせてもらったよ。おねえさんの血で道標《みちしるべ》を作る必要があったから。ほら、『ヘンゼルとグレーテル』みたいにさ」

リアムがあさひの目の前に、自分の手をかざした。親指の爪が血に染まっている。

どうやらそれであさひの腕の傷をほじくり返してくれたらしい。

「あの人達にね、お願いしといたんだ。おねえさんをさらった地点から一定間隔で、地面におねえさんの血を垂らしながらここまで来てねって。さあ、シルヴィアはちゃんと追ってこられるかな？　ヘンゼルがまいたパンくずを小鳥が食べちゃったように、野犬が血を舐《な》めてしまわないといいね。それとも、日本に野犬はあんまりいないのかな？　シルヴィアには、もうメッセージを送ったよ。『夜明けまでに一人で来ないと、おねえさんを殺す』ってね！　でも大丈夫、シルヴィアは優しいから、きっとおねえさんを見捨てたりしない。——俺は、シルヴィアさえ殺せれば、それでいい」

楽しげな声で言いながら、またリアムはあさひの頭をなでる。

やっぱりリアムは、シルヴィアを殺すつもりなのだ。

あさひはもう一度、目だけで周囲を見回した。菫の予言と照らし合わせる。

菫は、廃屋だと言っていた。ここは少なくとも廃屋には見えない。すでに未来は変更されているということだろうか。

だが、あさひを殺すと言われたら、シルヴィアはきっと来てしまうだろう。

そして、おそらく御崎禅も。

リアムがふっと表情を変えて、あさひの頭をなでる手を止めた。

「――ああ、なんだ。やっぱり、シルヴィアと一緒にいたあの男が、ゼインなんだ？」

あさひの思考を読んだのだ。

あさひはリアムを睨《にら》むように見上げた。

「……あなた、ゼインを殺すために日本に来たんじゃないの？」

「そのつもりだったけど。でも、見当たらなかったんだもん」

あっけらかんとした口調で、リアムが答える。

「日本には吸血鬼はほとんどいないって聞いてたから、適当に都内をうろついてたら気配で捜せると思ったんだ。でも、吸血鬼の気配なんて全然拾えなくて、もしかしてとっくに死んでるのかなって思ってたんだけど……あいつ、本当に吸血鬼なの？　別荘で見たとき、何の気配もしなかった」

ということは、リアムが日本に来たのは、御崎禅が謹慎処分をくらった後だったのだろう。御崎禅があのとき呪具《じゅぐ》で力を封じられていてよかったのかもしれない。でなければ、下手をしたら見も知らぬ吸血鬼にいきなり襲撃される羽目になっていた可能性がある。

「ねえ、リアムくん。……やめようよ、こんなこと」

無駄とはわかっていたが、あさひは言わずにはいられなかった。

「あなたを捜してるのは、シルヴィアさんだけじゃない。日本の警察も捜してるよ。きっと逃げられないと思う」

シルヴィアと御崎禅が動けば、夏樹も当然動く。異捜だけではない、広野も捜査には関わっている。いくらリアムが強い吸血鬼でも、逃亡は難しいはずだ。

しかしリアムは、にこりと笑って、こう言った。

「別に逃げるつもりはないんだ」

「え……？」

怪訝《けげん》な目をしたあさひには答えず、リアムはカーテンの前に並んだ男達に目を向けた。リアムの瞳《ひとみ》が赤く光り、男達が動き出す。

男達はカーテンをめくり、掃き出し窓の外に一旦《いったん》消えた。

戻ってきた男達の手には、建設作業に使う大型の木槌《きづち》や、バットが握られていた。

びくっとして半分身を起こしたあさひをなだめるように、リアムが肩に手を置く。

「大丈夫。家を壊すだけだから」

「家を、壊す？」

そして、リアムの言葉通りのことが起こった。

壁に向かって木槌が振り回され、ばこんばこんと大きな穴が幾つも開く。剝《は》ぎ取られたカーテンが無残に引き裂かれ、掃き出し窓に向かって投げられたテーブルと椅子が、ガラスを突き破って外に転がり出る。食器が砕け散るけたたましい音と共に食器棚が引き倒され、横倒しにされた冷蔵庫ががんがん叩《たた》かれてへしゃげる。あちこちで何かが壊れる音が響き、板材や壁材が砕けて宙を飛ぶ。あさひは床の上ですくみ上がった。怖いしうるさい。耳をふさぎたいけれど、縛られていてはどうにもできない。

もういいよ、とリアムが男達に合図を送ったとき、無事なのはもうあさひとリアムの周りだけだった。他の場所は全て、砕け壊れた何かで覆われていた。

家の中はすっかり様変わりしていた。

かろうじて破壊を免れた天井の照明が、惨状を白々と照らし出している。めっきり風通しの良くなった壁や割れ砕けた掃き出し窓から、外の様子が見えた。確かにまだ夜中のようで、真っ暗だ。街灯も見当たらない。

家の周りは木に囲まれているようだった。これだけの破壊音をさせても誰も来ないことから考えると、人里離れた山か森の中なのかもしれない。

ああ、とあさひはようやく気づいた。

森の中の廃屋。

自分はまさに、菫が予言した場所にいる。

「ああ……シルヴィアが来た」

ふっと視線を上げ、リアムが呟《つぶや》いた。

「懐かしいな、シルヴィアの気配だ。すごい速さで近寄ってくる。ちゃんと道標をたどってこられたんだね。しかも、一人で来てる」

気配を感じているのだろう。リアムが言う。

一人で来てる、という言葉に、あさひは、え、と思う。

御崎禅はどうしたのだろう。シルヴィアが来るなと言ったのだろうか。一人で来なければ、あさひが殺されてしまうから。あるいは、菫の予言と一致する要素を一つでも外したかったのかもしれない。

「君達はもう家に帰っていいよ。さよなら」

リアムが、また掃き出し窓の前にずらりと並んで次の命令を待っていた男達に、そう声をかけた。男達はその場に木槌やバットを放り出し、ふらふらと掃き出し窓から外へ出て行った。

リアムの手には、いつの間にかリボルバー式の拳銃《けんじゅう》が握られていた。

シルヴィアが姿を現したのは、それから一分と経たぬ頃だった。

突然、掃き出し窓の向こうにシルヴィアの姿が見えて、あさひはびくりとした。

走ってきたのか飛んできたのかもわからなかった。

本当に、気づいたらそこにシルヴィアが立っていた。

ひどい格好だった。長い髪は振り乱され、いつもはわずかな乱れもないオーダーメイドのスーツも、今は少し着崩れて見える。化粧もほとんど落ちているようだった。

だが、それでもなおこの吸血鬼は、鬼神のごとく美しかった。爛々《らんらん》と赤く燃える双眸《そうぼう》が、射すくめるようにリアムを睨んでいる。空気が帯電したかのようにびりびりと震えているのがわかる。

「リアム。覚悟はできているな」

シルヴィアが口を開いた。

「お前は、許されないことをした。……罪には罰を。その罰は私が与えに来た」

「――俺のしたことが罪だというなら、それはシルヴィアが作ったものじゃない？」

ぺたんと座り込んでいた床から立ち上がり、リアムが言った。まるで、ごはんよと声をかけられた子供が、遊んでいた場所から立ち上がるかのような仕草だった。

両手で構えた拳銃を、リアムはゆっくりとシルヴィアの方に向ける。

傍《はた》から見ればそれは小さな子供がガンマンごっこをしているだけのように見えただろうが、あの銃は勿論おもちゃなどではないのだ。

「ねえ、シルヴィア。もう何度も繰り返した問いだけど、きっとこれが最後だと思うから、もう一度訊くね。……どうして俺を、吸血鬼にしたの？」

「コニーがそう望んだからだ」

「それは俺の希望じゃない」

リアムが言う。

「吸血鬼にするかどうかは本人に必ず選ばせてから決めるって、あんたは前に言ったじゃないか。俺は選ばせてもらえなかった。あんまりだよ、シルヴィア。……あんまりだ」

悲しい声で、リアムが呟く。

シルヴィアは一瞬、まるで銃で撃たれでもしたかのように、辛《つら》そうに顔を歪《ゆが》めた。

「……ああ、そうだな。お前を一族に入れるべきではなかった。あのときコニーがどれだけ泣いても、私はお前を見捨てるべきだったのだろう。私の行いは、お前に不幸をもたらしただけだった」

シルヴィアが、ゆっくりとこちらに向かって歩を踏み出した。

「けれど、リアム。お前が言っていることは、一つだけ間違っているよ」

「……何？」

「お前という吸血鬼を生んだのは、私だ。だが、お前がしたことは全て、お前自身の意思によるものだろう」

ガラスが滅茶苦茶《めちゃくちゃ》に割れた掃き出し窓から、シルヴィアが家の中に入ってくる。ヒールが砕けた壁材を踏み、じゃり、と音が鳴った。

「お前は自ら選び、自ら望んで罪を犯した。多くの者を傷つけ殺したお前の罪まで、この母に負わせるなよ。——お前は、とっくに子供ではないのだろう?」

「……っ」

リアムがぎしりと牙《きば》を噛《か》み鳴らした。幼い顔が憤怒《ふんぬ》で赤く染まる。

そしてリアムは、銃口をあさひに向けた。

「じゃあ、もう一人くらい殺したっていいんじゃないかな!?」

シルヴィアが足を止める。

「よせ。あさひは関係ない」

「あんたの関係者というだけで、俺にはもう殺すだけの価値がある」

リアムが撃鉄を起こす音が響く。

あさひは床の上で身を強張《こわば》らせる。

「泣いてよ、シルヴィア。それがあんたへの罰だ!」

「やめろ!」

シルヴィアが牙を剥《む》き出して叫んだ。

直後、ものすごい音が響いた。確かにあさひの傍らにいたはずのリアムが、掃き出し窓の近くの壁に背中からぶつかって落ちたのだ。

シルヴィアがやったのだ、とあさひが気づいたときには、シルヴィアは銀色の疾風となってまたリアムに襲いかかっていた。猛然と身を起こしたリアムが、床を蹴《け》って逃げる。ただでさえガラスの割れていた張り出し窓が枠ごと吹っ飛び、外に飛び出したリアムが空中で向きを変える。振り返ったその手には拳銃が構えられている。

銃声。

けれど、リアムが狙った位置にはもう誰もいない。シルヴィアもまた外に飛び出していく。あさひは床の上に転がったまま、顔だけ上げて二人の戦いを見る。

夜の光の中で、二人の吸血鬼はめまぐるしくお互いの位置を入れ替えながら、ぶつかり合う。あさひの目ではもう二人の動きがろくに追えない。人間ごときに追える動きではないのだ。衝撃音が響く度、ただただ身をすくめるしかない。御崎禅が人狼《じんろう》と戦ったときもそうだった。見ていることしかできなかった。

何度目かの衝突で、驚いたことにシルヴィアの方が競り負けて吹っ飛んだ。木の幹に背中を打ちつけたシルヴィアに、すかさずリアムが銃口を向ける。

銃声。

今度はかわしようもなかった。

シルヴィアのスーツの胸に穴があき、細い体がびくんと跳ねる。立ち上がろうとしていた膝《ひざ》が崩れ、シルヴィアは木にもたれかかるようにしたまま、座り込んだ。

動きが止まって初めて、あさひの目にも、シルヴィアが今撃たれたところ以外もぼろぼろに傷ついていることが見てとれた。右目の上がざっくり切れて、顔が半分血に染まっている。スーツの肩も腕も脚も、切り裂かれて血だらけだ。

リアムも多少は怪我をしているようだったが、シルヴィアほどではなかった。リアムは強い、とシルヴィアが言った意味がよくわかった。

この子は本当に——最強の吸血鬼なのだ。

胸を押さえてうずくまったシルヴィアが、苦しげに息を吐く。もう立ち上がるだけの力がないのかもしれない。かは、と苦しげに吐き出された血が飛び散る。

シルヴィアに歩み寄りながら、リアムが言った。

「……ねえ、シルヴィア」

銃口が持ち上がる。シルヴィアの額に狙いをつけながら、リアムは言う。

「あんたはさっき、俺が自分で選んで、自分で望んで、殺したって言ったけどさ。一人だけ違うよね」

肩で息をしながら、シルヴィアはリアムを睨み上げる。

銃口越しにシルヴィアの瞳を覗《のぞ》き込むようにしながら、リアムは言う。

「ママは違うよね。……俺は、殺したくなんてなかった」

「リアム……」

かすれた声で、シルヴィアがリアムの名を呼ぶ。

その額に銃口を押し当てながら、リアムが呟く。

「ねえ、ママを返してよ」

それは泣き声だった。

リアムの肩が震えている。その頬を、大粒の涙が伝い落ちていく。小さな子供そのままの顔で泣きながら、リアムは繰り返す。

「ママを返して。ぼくに返して。ママ、ママ……ママ！」

母を求める泣き声と、三度目の銃声は同時だった。

だが、銃弾がシルヴィアの額を貫くことはなかった。

拳銃を握ったリアムの手をつかみ上げ、銃口を上に向かせた手があったからだ。

いつの間にか、リアムの傍らに長身の男性が立っていた。

栗色の髪。熾火《おきび》のように燃える両目。秀麗な顔には冷たい怒りが浮かんでいる。

御崎禅だった。

「お前、どこから……いつの間に……⁉」

リアムが驚愕《きょうがく》の声を上げる。今の今まで、御崎禅の接近に気づかなかったらしい。

リアムの手をつかんだ御崎禅の手。その手首から、白い腕輪がするりと滑り落ちる。

御崎禅はそれが地面に落下する前にもう片方の手で受け止め、素早くリアムの手首に嵌《は》めた。

「あ……？」

リアムの体から、かくりと力が抜けた。

その手から拳銃を取り上げ、御崎禅はコートのポケットから手錠を取り出した。リアムの両手を後ろに回し、手錠で拘束する。

そして御崎禅は、うずくまるシルヴィアを見下ろして尋ねた。

「大丈夫ですか？　シルヴィア」

「……一応な」

ごふ、とまた血を吐き出し、シルヴィアが苦労しながらスーツの前をはだけると、明らかにスーツの布地と合わないベストを着ているのがわかった。

それはおそらく——防弾チョッキだ。

チョッキの胸にあいた穴から銃弾を掘り出しつつ、シルヴィアがぼやいた。

「確かに弾は防げるが、衝撃までは防げないな。たぶんアバラがいってるぞ、これ」

「夏樹が言ってたじゃないですか、撃たれたら骨は折れると思いますよって。……少し血を飲みますか？」

「頼む」

御崎禅がシルヴィアの前に膝をつき、自分の首を差し出した。シルヴィアが首筋に噛みつき、血を啜《すす》り始める。

「み、御崎先生？　い、一体どうやって……」

いまだ家の中にうずくまったまま、あさひは尋ねた。

御崎禅がどこから現れたのか、あさひにもわからなかった。

シルヴィアに血を与えながら、御崎禅が教えてくれる。

「隠れ身の術ですよ」

「か、隠れ身……？」

「人外の存在は、他の人外の存在を見分けるとき、視覚情報よりも気配を優先すると前に話したでしょう。銀座の映画館に行ったときに」

そろそろ勘弁してください、とシルヴィアを押しのけて、御崎禅はそう言った。

確かに、銀座の映画館で出会った獏《ばく》は、呪具《じゅぐ》で力を封じられた御崎禅に会ったとき、なかなか御崎禅だと気づかなかった。

「リアムもそうだろうと思ったんです。だから、山路さんに頼んで、御前達から封印の呪具を借りてきてもらったんですよ。これを嵌めている間は、吸血鬼としての気配を隠せますからね。……案の定、リアムは、近づいた僕にまるで気づかなかった」

「ちなみにここまでは、私が禅を抱きかかえて運んできたんだ。呪具をつけている間は、禅は人間並みの速度でしか走れないからな」

シルヴィアが言う。まだ地面にうずくまったままだが、その声にはだいぶ張りが戻っていた。

「真っ向勝負で負けることが確定しているなら、可能な限り姑息《こそく》な手段に出てみようかと思いましてね。ほら、勝てたでしょう」

「御崎先生、その台詞《せりふ》は正義のヒーローとしてどうなんでしょう……」

「別に僕は正義のヒーローを目指しているわけではありませんから」

御崎禅があさひに歩み寄ってきた。あさひの腕の拘束を解いてくれる。

あさひは自分の左腕がどうなっているのかをようやく確認して、顔をしかめた。切り傷が何本もできている。道標《みちしるべ》用の血を垂らす度に切りつけられたらしい。どうりで痛いわけだ。

御崎禅があさひの左腕を取り、言った。

「ひどいですね。後で清比古の病院に行って、薬をもらいましょう」

「あ、いえ、このくらい大丈夫ですよ」

「いけません。痕《あと》が残ったらどうするんです」

叱るような口調で言われて、あさひは反射的に、はい、と答える。もう血も止まっているのだから、騒ぐほどの傷ではないと思うのだけれども。

そのときだった。

「……馬鹿な奴ら」

リアムがそう呟《つぶや》くのが聞こえた。

御崎禅とシルヴィアが、リアムに視線を向ける。

リアムは手錠をかけられて地面に座り込んだまま、うつむいて震えていた。

「リアム？」

シルヴィアがリアムに声をかける。

リアムが顔を上げた。

その顔には——笑みが浮かんでいた。

喉《のど》の奥から込み上げてくる笑いに身を震わせながら、リアムが言った。

「馬鹿な奴らだな、こんなところまでのこのこ来て！　俺の勝ちだ！」

「……何？」

「まだ気づいてないの？　本当に馬鹿だね、mommy?」

甘えたような声でそう言って、リアムはくいと顎《あご》をしゃくった。

はっと御崎禅が息を呑《の》む。

それとほぼ同時に、あさひも気づいた。

向こうの空が白み始めている。あさひは慌てて手首に嵌めた時計に目を向ける。

夜明けの時刻だった。

もうすぐ──太陽が、昇る。

「この辺りには、身を隠せる建物なんてない。今から走っても、間に合わないだろうね。はははは、俺の勝ちだ！──お前らは死ぬ」

調子のはずれた声で笑いながら、リアムは立ち上がった。

後ろ手に手錠をかけられたまま、よろよろと走り出す。

「リアム！」

シルヴィアがそれを追いかけようとした。

が、御崎禅がその腕をつかんで引き止める。

「駄目です、シルヴィア。──とりあえず、家の中へ」

「でも！」

「間に合いません、諦《あきら》めてください！」

御崎禅がそう言って、シルヴィアを抱き上げた。暴れる彼女を家の中に連れてくる。

だが、破壊の限りを尽くされた家の中は、壁に穴が開き、カーテンもない状態だ。日光は防げない。

リアムが徹底的に家を破壊させた理由がやっとわかった。彼はおそらく計算していたのだろう。シルヴィアがこの家にたどり着く時刻を。

たとえシルヴィアを仕留めることができなくても、彼女との戦いを少しでも引き延ばせさえすれば、夜明けが来ることがわかっていたのだ。そのときに身を隠す場所をなくしてしまえば、どのみちシルヴィアは助からない。

シルヴィアも御崎禅も、太陽の光に当たれば死ぬのだ。

御崎禅の顔に、はっきりとした焦燥が浮かんだ。

「先生！　冷蔵庫！　冷蔵庫はどうですか！」

あさひは、床に横倒しになった冷蔵庫を指差した。男達ががんがんと叩《たた》いていったので多少ひしゃげてはいるが、それでも原形は保っている。

御崎禅が冷蔵庫の扉に手をかけた。歪《ゆが》んで開かないそれを、半ば無理矢理開ける。ものすごい勢いで中の仕切り板とわずかばかりの食品を外に放り捨て、御崎禅はシルヴィアを振り返った。

「あなたなら入れます。入ってください」

「お前が入れ。私はいい」

胸の傷を押さえたまま、シルヴィアが首を横に振る。

だが、御崎禅はシルヴィアの腕をつかむと、無理矢理冷蔵庫の中に押し込んだ。

「おい！　私はいいと言ってるだろう！　お前が入れ！」

「生憎《あいにく》ですが、僕が入るには狭すぎるんですよ！」

御崎禅はシルヴィアを冷蔵庫に押し込み終わると、容赦なく扉を閉じた。

だが、もう御崎禅が隠れる場所がない。

あさひは焦って、あちこちを見回した。とりあえずカーテンで包むのはどうだろう。いや、びりびりに裂かれたカーテンでは、たぶん無理だ。机の天板を拾ってきて盾にするのはどうだろう。いや、大きさが足りない。食器棚を立て直して、陰に隠れるのは——いや、やっぱり駄目だ。

その間にも、東の空はみるみる明るくなっていく。目が眩《くら》んだ様子で、御崎禅がそちらの空から顔を背けた。

「瀬名さん。……もう無理です」

「無理じゃありません！ 諦めないでください！」

「もうすぐ、夏樹と山路さんがGPSを頼りにここに来るはずですから、シルヴィアと一緒に帰ってください。僕は……」

「死にたがるのもいい加減にしろって、わたしこの前言いましたよね⁉」

弱気になる御崎禅を怒鳴りつけ、あさひはぼろぼろの家の中で使えそうなものを探す。そうだ。床のカーペットをぐるぐる巻きつけるというのはどうだろう。足りない分はカーテンの切れ端でなんとか補えないだろうか。

そう思って、床のカーペットを引っぺがしたときだった。

あさひはそこに、小さな扉を見つけた。

いや、扉ではない。これは床下収納庫の蓋《ふた》だ。目を覚ましたときにカーペットの下に何か継ぎ目があると思ったのは、この蓋だったのだろう。

あさひは蓋に取りつき、引っ張った。

開いた。

中には、酒瓶が何本も入っている。あさひは嵐のような勢いでそれを外に放り出す。がしゃんがしゃんと瓶が割れたが、そんなことはどうでもいいのだ。

「御崎先生！　ここ！　ここなら日光を防げます！　入ってください！」

「……いや、いくらなんでも狭……」

「早く入ってください！」

あさひは御崎禅を床下収納庫に突き落とした。だいぶ狭そうだが、ぎりぎり大丈夫な気がする。

「先生、しゃがんで！　手足折り畳んで！　首曲げてください！　もっと頭下げて！」

「せ、瀬名さん、ちょっとこれは」

「閉めます！」

号令のようにそう言って、がん、と蓋を叩きつける。御崎禅の体にぶつかって、蓋が若干浮き上がった。もっと縮まってくださいと声をかけながら、あさひはぎゅうぎゅうと蓋を押さえつける。隙間ができたらやばいのだ。中に陽の光が入ってしまう。何やら抗議の声が聞こえる気もするが、焼け死ぬよりましだろう。今のあさひの頭の中には『インタビュー・ウィズ・ヴァンパイア』の例のシーンしかない。陽の光を浴びて炭化する吸血鬼。御崎禅をあんな姿にするわけにはいかない。

すたん、と蓋が完全に閉まる音がした。

よし、とあさひは傍らに放り出してあったカーペットを上からかぶせ——そのとき。

自分がどうして外を振り返ったのか、あさひにはよくわからなかった。

あさひがいる位置から直線で、たぶん百メートルもないだろう。そこに、小さな人影があった。

リアムだ。

後ろ手に拘束されたまま、リアムはこちらを振り向いて立っていた。

家の中にあさひの姿しかないのを見て、寂しげに小さく肩をすくめる。

——逃げるつもりはないと、さっきリアムは言っていた気がする。

シルヴィアを殺したら、彼も一緒に死ぬつもりだったのではないだろうか。

白みかけた空の下、たった一人佇《たたず》むリアムの姿は、どこまでも孤独だった。彼は一人で逝くしかないのだ。

でも、その表情は、不思議なほどに明るかった。

これが、彼が自分で選んだ結果だったからかもしれない。

「おねえさん！」

リアムがあさひに向かって大声で呼びかけてくる。

「さよなら！　最後に一つお願いしていい？」

「な……何？」

「目を閉じて！――俺を、見ないで」

朝陽が昇ったのは、まさにそのときだった。

東の空の端で生まれた最初の陽光が、リアムの体を射貫《いぬ》く。

あさひはぎゅっと目を閉じた。だが、その寸前、ぼっと上がった火柱は、あさひの網膜にはっきりと焼きついた。

あの映画と同じように、リアムの体は燃え上がっていた。

映画と違うのは、リアムが叫び声を上げなかったことだけだった。

どん、どん、という音が聞こえて、あさひはまたはっと目を開けた。御崎禅が床下収納庫の蓋を叩いている。もしかして、これでもまだ隙間ができているのだろうか。

あさひは慌ててカーペットの上に上がり、収納庫の上に自ら覆いかぶさった。少しでも陽光を防がなければならない。なんとしても、御崎禅を守るのだ。

「――あさひちゃん！」

夏樹の声が聞こえたのは、陽が昇り切ってしばらくしてからのことだった。

黒い大きなワンボックスカーがこっちに向かって走ってくるのが見える。運転席に夏樹が、助手席に山路が乗っている。二人はぼろぼろの家の前で車を停め、慌てた様子で降りてきた。

「あさひちゃん！　御崎とシルヴィアさんは!?」

「シルヴィアさんは冷蔵庫の中です！　御崎先生は、この下の床下収納庫に！」

「よっしゃ！　ちょっと待ってて！」

夏樹がそう言って、車の扉を開いた。山路と二人がかりで、何枚ものパネルを下ろし始める。

二人はそれを家の中に運び込むと、みるみるうちに大きな箱を組み上げた。床下収納庫がある辺りに、どかっと箱をかぶせる。

陽が射していない側のパネルを一枚スライドさせて、夏樹が箱の中に飛び込んだ。あさひもその後を追う。

「御崎っ！　おい御崎、無事か!?」

夏樹がカーペットを引っぺがし、収納庫の蓋を開けた。

「御崎！……御崎っ？　うお、マジか！」

「え？　どうしたんですか!?」

夏樹がおかしな声を上げ、あさひも夏樹の横から慌てて中を覗《のぞ》き込む。

御崎禅は、その長身をかなり無理矢理折り畳むようにして、収納庫の中に収まっていた。とりあえず見た感じ、どこも焦げてはいない。だが――様子がおかしい。だいぶ苦しげに曲がった首の先、顔の色が蒼白《そうはく》になっている。声をかけても、ぐったりとして動かない。

遅れて箱の中に入ってきた山路が、あさひの横から収納庫を見下ろして、ぼそりと言った。

「……これ、チアノーゼ起こしてませんか？」

確かに、唇の色が紫だ。

途端に夏樹が血相を変え、御崎禅を収納庫から引っ張り出そうとする。が、何しろ無理矢理押し込んだせいで、あちこちつかえてしまってなかなか出てこない。やばい。

「御崎！　御崎、しっかりしろ！　おーい！　とりあえず出てこーい！」

「御崎先生ーっ！　ごめんなさいわたしが悪かったです死なないでくださいーっ！」

「はっはっは、車に酸素ボンベなんて積んでましたかね……見てきましょうかねえ」

――山路が持ってきた酸素ボンベのおかげでなんとか息を吹き返した御崎禅に、あさひはこの後、「僕を殺す気だったんですか」とものすごく叱られた。焼け死ぬよりはましじゃないですかと思いつつ、あさひはとりあえず神妙な顔で謝っておいた。

ちなみに、シルヴィアが入っていた冷蔵庫は、なんと電源が入ったままだったので、こちらはこちらで扉を開けたときには大変よく冷えていた。あさひはシルヴィアからも叱られたが、これは御崎禅も横に並んで一緒に叱られてくれたので、よしとしておいた。

翌日、夏樹が箱根の病院までアレックスを迎えにいってくれた。

御崎禅のマンションに戻ってきたアレックスは、少しやつれてはいたが、自力で歩けるくらいにまで回復していた。

二人の帰国は、その三日後となった。

来たときと同じく、またプライベートジェットで帰るという。出発時刻は勿論《もちろん》夜だ。空港までは、夏樹が車で送っていくそうだ。

あさひは二人にお別れの挨拶《あいさつ》を言うために、御崎禅のマンションを訪れた。

「あさひ！　会えてよかった、アメリカに来るときにはぜひ声をかけてくれ。来年でも、十年後でも、三十年後でも、私は変わらずお前を友としてもてなそう」

シルヴィアが両腕を広げてあさひをハグしてくれる。その柔らかな胸に埋もれそうになり、あさひは真っ赤になって慌てて身を遠ざけた。やっぱりハグはいまいち文化として馴染《なじ》まない。日本人は慎《つつ》ましやかなのだ。

「シルヴィアさん、もう怪我は大丈夫なんですか？」

「ああ。清比古とやらの薬はすごいな。もう完全にふさがった。アレックスの方もついでに診てもらったんだが、こちらもめきめき回復してな。ホームドクターとしてアメリカに連れて帰りたいくらいだ」

「いえ、遊川先生には日本にいてもらわないと困ります！」

あさひは慌てて言う。清比古には、この先御崎禅がまた怪我をするようなことがあったときに診てもらわないといけないのだ。……そもそも怪我などしないでほしいが。

アレックスも、あさひに挨拶してくれた。

「あさひさん。シルヴィア様がお世話になりました。シルヴィア様が仰《おつしや》っていた通り、もしアメリカに来るようなことがあれば、まずは私にご連絡ください。あさひさんが快適に過ごせるように、ありとあらゆる手配をいたしましょう」

「あ、ありがとうございます……いやでも、ありとあらゆる手配って」

「ホテルの手配や観光の手配、車の手配、ありとあらゆることです。勿論――お望みでしたら、レストランやショップのハラキリも手配しましょう」

にやりと笑って、アレックスが言う。

あは、とあさひも笑った。

「ハラキリじゃなくて貸切ですよ、アレックスさん」

「承知しております。今のはほんの茶目っ気で」

茶目っ気などという言葉を知っている人が貸切とハラキリを間違えたというのもすごい話だなと思いつつ、あさひはアレックスから名刺を受け取った。

最後にシルヴィアは、御崎禅の方を向いた。

「禅。世話になったな」

シルヴィアはそう言って、御崎禅にもハグをした。絵のように美しい二人のハグはとても様になっていて、このままポスターにしたいとあさひはちょっと思った。

シルヴィアの胸元に目を留めて、御崎禅は少しだけ悲しげに眉《まゆ》をひそめた。

そこには、楕円《だえん》のロケットがぶら下がっていた。

その中身を、ここにいる全員が知っている。

小さな袋に収められた――リアムの遺灰だ。

あのとき、シルヴィアが夏樹に頼んで、取ってきてもらったもの。

「シルヴィア。……リアムのことは」

「――言うな。もういいんだ」

言いかけた御崎禅の唇に人差し指を当て、シルヴィアは寂しい笑みを浮かべた。

「この子は、連れて帰る。……こうして忘れないことが、私への罰になる」

シルヴィアは言った。

これから先の永い永い年月を、彼女はリアムという存在への後悔を抱えたまま生きるのだ。その記憶は決して薄れることはないだろうし、ふとした瞬間に彼女をひどく苛《さいな》むかもしれない。

けれど、それが——ただ一人で逝かせるしかなかったリアムへの、彼女の償いだ。

「せめて灰だけでも、この先ずっと傍に置こうと思う。諸共《もろとも》に死んでやろうかと思ったこともあったが……私には、できなかった」

「ええ、あなたにはまだまだやるべきことがありますからね」

「義務の話をしているのなら、それも正しいが——私は愛の話をしている」

「愛？」

「恋人を残して死ぬのは、やはり忍びなくてな」

シルヴィアはそう言って、傍らに立つアレックスの頬に唇を寄せた。

かあっと、アレックスの顔が赤くなった。

「シ、シルヴィア様っ⁉ わ、私はただの従者で、決してそのような」

「おや。私は、私を失ったお前が後を追って死ぬのを心配したんだがな」

「そ、それは勿論、シルヴィア様を失っては生きてはいけませんが」

「では——これからも二人で共に生きていこうではないか」

シルヴィアがそう言って、アレックスの胸に頬を寄せた。

リアムに刺された傷がある辺りに片手をそっと添え、大切な秘密を漏らすような口調で言う。

「……私はな、お前が死ぬかもしれないと思ったとき、お前のことが心底愛《いと》おしくなったんだ。私はお前よりもはるかに長く生きる化け物だが、それでもよければ愛しておくれ。お前の命が尽きるその瞬間までな」

「も……勿論です！　この命尽きるその瞬間まで、この心はシルヴィア様のものです」

アレックスがそう答えて、シルヴィアの手を取り、誓うように口づける。

あさひの横で、夏樹が、わーと声を上げた。

「すげえ。映画みてえ。案外正しいのな、映画って」

「そうですね、素敵です……！」

あさひは感動の名作を観ている気分で、手を胸の前で組んで目を潤ませる。よかった。本当によかったと思う。

日本とアメリカでは少々事情が違うのかもしれないけれど――でも、人と人ならざるものの恋愛が実ることもあるとわかったのが、何より嬉《うれ》しかった。

御崎禅が、咳払《せきばら》いして言った。

「人の家のリビングでラブシーンを演じるのはやめてくれませんか。そういうのは、本国に帰ってからにしてください」

「禅はうるさいなあ」

「まったくです」

「本当だぞ御崎」

「そうですよ先生」

「……待ってください、なぜ僕が責められる流れになっているんです？」

釈然としないという表情で御崎禅がぼやいた。

夏樹がちらと時計に目をやって言った。

「シルヴィアさん。それじゃ、そろそろ空港まで送ろうか。荷物はさっき車に運んだので全部？」

「ああ。——それじゃあ、私達はこれで」

シルヴィアがあらためて、御崎禅とあさひを見た。

そして、にっこりと唇に笑みを浮かべる。

御崎禅が、なんだか急に複雑そうな顔になって言った。

「何ですか、シルヴィア。その笑みは」

「いや？　よかったなと思って」

「……シルヴィア。僕は——」

言いかけた御崎禅の唇に、シルヴィアはまた人差し指を当てた。

御崎禅をもう一度ハグして、その耳元で何事か囁《ささや》く。

「――シルヴィア！」

途端、御崎禅が珍しく慌てた声を上げる。

シルヴィアは笑いながら御崎禅から離れ、アレックスの腕に自分の腕をからませると、言った。

「私達の時間は長いがな。その間に誰と出会って何をするかということを考え始めると、途端に時間は短くなる。日々を大切にな、禅。そして――何より、お前の長い夜が明けたことを、私は嬉しく思うよ」

それが彼女の、別れの言葉だった。


シルヴィア達が出て行くと、御崎禅のリビングには今度こそ日常が戻ってきた。

あさひはまた御崎禅と新作長編についての打ち合わせをした。

プロットは少しずつ、でも着実に、形になってきていた。

御崎禅の手元に、紙と万年筆があるのがその証拠だ。あさひがいない間に一人で書きつけたメモもあれば、あさひとの会話の中で出てきた設定やフレーズを書き綴《つづ》ったものもある。それらはまだ小説の萌芽《ほうが》とでも呼ぶべきものではあったが、いずれ美しく花を咲かせるだろうことが予測できて、あさひはとても嬉しかった。

「そろそろプロットとしてまとめ上げてもいい頃ですよね！　ラストまでの流れを一《いっ》旦《たん》組み立てていただいて、次はそれを見ながら話した方がいいかなと思うんですが」

「そうですね。……ちなみにいつまでに欲しいですか？」

「週明けくらいでどうでしょう！」

「ちょっと待ってください、それはいくら何でも期間が短すぎでは」

「えー、それじゃあ、来週末？」

「……善処します」

渋い顔をしながらうなずいた御崎禅に、よっしゃとあさひは内心で拳《こぶし》を突き上げる。

プロットさえできてしまえばこっちのものだ。作家によってはそこからまた迷路に迷い込むケースもなくはないが、とにかく執筆のゴーサインが出せる。

打ち合わせを終え、駅まで戻るあさひを、御崎禅は送ってくれると言った。

「え、大丈夫ですよ。まだ終電には間がある時間ですし」

「つい先日、さらわれたのを忘れたんですか？——あなたは、ちょっと目を離すと何に巻き込まれるかわかったものではありません」

「あはは、気をつけます……」

「本当にそうですよ。まあ、先日の件については、山路さんのせいでもありますが」

「え？」

「——あの人は、また瀬名さんを囮《おとり》にしようとしたんですよ。たぶんね」

エレベーターに二人で乗り込みながら、御崎禅は顔をしかめてそう言った。

あさひは一階のボタンを押しながら、御崎禅を見上げる。

「どういうことですか？」

「菫さんのところにシルヴィアを連れて行くとき、あの人はやけに熱心に瀬名さんも連れて行けと言ったでしょう」

「言いましたね」

あのとき、御崎禅はあさひを連れて行きたくないという顔をしていた。山路が連れて行けばいいとあまりにも言うものだから、ついあさひも一緒に行く気になってしまった気がする。

「あれはたぶん、シルヴィアと一緒にいる瀬名さんのことを、リアムに印象付けるためだったんだと思います。別荘で一緒にいるところを見られてはいましたが、その後もシルヴィアの近くにあなたがいることを見せておきたかったんでしょう。おそらくリアムは、自分の配下の者を使って、シルヴィアを監視していたはずなので」

「え、じゃあ、わたしがさらわれたのって」

「山路さんの思惑通りだったということですよ。あの人のことです、首尾よくさらわれてくれてありがとう、くらいのことは思ってそうですよ」

「えええ」

薬を打たれたり腕を切られたり、色々大変だったんだけどなあ、とあさひは思う。

山路の考えていることは本当によくわからない。人狼《じんろう》事件のときといい、さんざん「長持ちしろ」と言っておいて、どうしてそうも積極的にあさひを危険な目に遭わせようとするのだろうか。リアムの件をさっさと片付けてしまいたかったのだとしても、ちょっとひどくはないだろうか。

いや、でも——山路はそもそもそういう人だった。あの人はたぶん、利用できるならば何であろうと好きなように使う人なのだと思う。そこに良心の呵責《かしゃく》といったものを差し挟むことがないからこそ、平気で御崎禅に毒を飲ませたりもできるのだろう。

エレベーターが一階に着き、御崎禅と一緒にマンションを出て歩き出す。

終電にはまだ間があるとはいえ、だいぶ遅い時間であることに変わりはない。辺りに人通りはほとんどなかった。

御崎禅はいつものように気配を薄くしているのだろうか。それなら、もしも誰かとすれ違っても、あさひは一人きりで歩いているように見えてしまうのかもしれない。

……それはちょっと寂しいなと、あさひは思う。

駅が見えてきたときだった。

ひら、と何かが視界を横切った気がした。

「……あれ、今のってもしかして」

「ああ、桜ですよ」

御崎禅がそう言って、足元を指差す。

どこかから飛んできたと思《おぼ》しき桜の花びらが数枚、アスファルトの上に落ちていた。そういえば、世の中はもう春なのだ。都内の桜も数日前から咲き始めている。そうはいっても、夜はまだ少し寒くて、手の先が冷える感じはするのだけれど。

あさひは冷たくなりかけた手をぐーぱーと握ったり閉じたりしながら、言った。

「御崎先生。今度、皆でお花見しませんか？」

「ああ、いいですね。ルーナや夏樹にも言っておきましょう」

「桜が散り終わる前に予定を決めないとですね！　楽しみです」

「そうですね。——ああ、でも」

御崎禅があさひを見て、ちらと笑った。

「せっかくなので、今から見に行きませんか？」

「え？」

「この花びらの出所ですが、たぶん駅の反対側だと思いますよ」

「あー、そうか、桜並木があるんでしたっけ！」

自由が丘駅の南口側には、九品仏川《くほんぶつがわ》緑道というものがある。緑道沿いには桜が何本も植えられていて、花見ができるようになっているのだ。都内の桜の名所の一つに数えられることもあった気がする。

御崎禅のマンションは駅を挟んで反対側にあるので、そちらに行くには踏切を渡らなくてはならないが、まあこの時間なら、そう待たされることもないはずだ。

それに——実はもう少しだけ、御崎禅と話していたい気分だったのだ。

駅前のロータリーを通り過ぎ、駅舎の横の高架をくぐって、踏切を渡る。

駅の反対側に出て少し歩くと、九品仏川緑道にたどり着いた。

この辺りは街並みもお洒落《しゃれ》だが、この時間になるとさすがに緑道の左右に建ち並ぶ店はほとんどが閉まっていた。ショーウィンドーの明かりも全て落ちている。洒落た形の街灯が道沿いに並んでいるのでそこまで暗くはないが、辺りは静かで、他に人もいなかった。

桜並木は緑道の真ん中にあった。夜闇の中、街灯の光を受けて仄白《ほのじろ》く輝く桜の花は、とても綺麗《きれい》だった。もう六分咲きくらいにはなっている。これは早めに花見の計画を立てないといけないかもしれない。

御崎禅と一緒に、緑道をゆっくりと歩いていく。

はらり、と散り落ちた花びらが、視界を横切っていく。

歩きながら、あさひは傍らを行く御崎禅を見上げた。

気になっていることが、一つあった。

「——あの」

あさひは口を開いた。

御崎禅があさひを見下ろす。桜の下で見るその顔はやっぱり感動的に美しくて、もう何度となく見ているというのにあさひはちょっと見惚《みと》れそうになる。

「何ですか？」

御崎禅が少し怪訝《けげん》そうに首をかしげた。

そうだ見惚れている場合ではなかったと、あさひは慌てて言葉を舌の上に載せる。

「あの、さっきの——シルヴィアさんの言葉なんですけど」

「え？」

なんだかすごい顔で見下ろされてしまい、あさひは一瞬怯《ひる》んだ。そんな睨《にら》むように見ないでほしい。

でも、どうしても訊《き》いておきたかった。

「先生の……長い夜が明けたって、どういう意味だったんですか？」

別れ際に、シルヴィアは御崎禅に向かって、確かにそう言った。

——お前の長い夜が明けたことを、私は嬉しく思うよ、と。

「あれは……」

御崎禅が困った顔で口ごもる。

無理に訊くのも失礼だろうかと、あさひが質問を引っ込めようとしたときだった。

御崎禅が言った。

「――僕の悲願が叶《かな》ったことに、シルヴィアは気づいていたんですよ」

「悲願って」

「探し人の件です」

御崎禅が足を止める。

九品仏川緑道は結構長いのだ。あまり歩きすぎると、駅から離れすぎてしまう。

いや、それよりも――探し人の件というのは。

御崎禅はあさひから目をそらすように、桜を見上げた。

「瀬名さん。吸血鬼は、相手の血液を取り込むことで、相手の記憶も取り込めると前に説明しましたよね」

「あ、ええ、だからシルヴィアさんは日本語が喋《しゃべ》れるようになってましたよね」

「そうです。シルヴィアは、僕の血液から、様々な情報を得ました。日本語の知識、異捜のこと、これまで僕が日本で体験してきたことのほとんど全てを」

「それはすごいですね。便利です」

「ええ、とても便利なんです。そして、そこにあまりプライバシーは存在しない」

「え？」

「シルヴィアは——知ったんです。僕が恋人を見つけたことを」

「え……え、ええええっ、それって！」

あさひは目を瞠《みは》った。

御崎禅の恋人。それは——『輪舞曲』にも描かれた、あの運命の恋人に他ならない。それは確かに悲願が叶ったということだ。御崎禅がずっとさ迷い続けた夜が明けたのだ。こんなめでたいことはない。一体誰なのだろう。あさひも知っている人だろうか。その人と、御崎禅はこれからどうするのだろう。——わっと一斉に湧いたそれらの考えの後ろで、胸の中に閉じ込めて蓋《ふた》をした想いがカタカタと揺れるのがわかる。

いや、めでたいことなのだ。喜ばなければならない。

大好きな人が幸せになれるのであれば、自分の恋心くらい封印し続けるべきだ。ついこの前、永久に片想いのままでいいと誓ったではないか。……そう思うのに、あさひは鼻の奥がつんとなるのを感じて、思わず御崎禅から顔をそらした。どうしよう。これは、よかったですねという嬉《うれ》し泣きにすり替えても変ではないだろうか。

「……瀬名さん？」

と、御崎禅がなぜかものすごく怪訝そうな声を出した。

「な、何ですか？」

「もしやとは思いますが、大変な勘違いをしていませんか？」

「勘違いといいますと？」

「……僕の恋人の件ですが」

「…………えっ、まさか夏樹さんだとか言いませんよね⁉」

「何でそうなるんですか！」

御崎禅が真っ赤になって叫んだ。

真っ赤になって叫ぶ御崎禅というのは大変珍しい。あさひはびっくりして、

「え、だって、運命の恋人が必ず異性に生まれ変わるとは限らないですし……先生の周りにいる人でわたしが知っている人だとしたら他に思い当たらず」

「だからどうしてそうなるんですか……」

御崎禅が頭痛をこらえるような顔をする。

大きなため息を吐いた後、御崎禅はあらためてあさひを見下ろして、

「いいですか、瀬名さん」

「はい」

「——あなたです」

「はい？」

「あなたが——彼女なんですよ」

「はい？……はいっ⁉」

今度はあさひが叫ぶ番だった。

いや、ない。それはない。さすがにないだろう。

そんなことがあっていいはずがない。

あさひごときが御崎禅の運命の恋人でいいわけがない。

だって。

「わ……わたし、歌下手ですよ⁉」

思わずそう言ったら、御崎禅が呆《あき》れた顔をした。

「まずそこですか？」

「だ、だって、ルイーズもアナも歌手じゃないですか！　わたし、カラオケでろくな点数出たことないですごめんなさい！」

「別に僕は彼女の歌が上手《うま》いから好きになったわけでは……いや、多少はそれもありますが」

「あるんじゃないですか！」

「でも、僕の恋人は瀬名さんなんですよ。本当に」

「どうして」

「だって僕は——あなたの血を飲んだので」

あさひの首に手を添え、御崎禅が言った。

指先があさひの首筋の血管に触れる。前に御崎禅が牙《きば》を埋《うず》めたところだ。もうとっくに痕《あと》も消えたけれど、今でもはっきり覚えている。

「瀬名さんが思っているよりも、血液が持っている情報というのは多いんですよ。舐《な》める程度ではわからなかったことも、ある程度の量を摂取すればわかるようになる。記憶、知識、経験――そして、魂の情報がそこにはあります。瀬名さんの血を飲んだときの僕の驚きといったらなかったし……血を流して倒れているあなたを見たときの絶望といったらなかった。僕自身が傷つけたんですから」

「御崎先生。それは」

言いかけたあさひの唇に、御崎禅がシルヴィアと同じ仕草で人差し指を押し当てた。

仕方なくあさひは口をつぐむ。いい子ですね、と御崎禅が笑う。

「でも、僕は――あなたに、言うつもりはなかったんですよ。それなのに、シルヴィアときたら、あんなことを」

「そういえばシルヴィアさん、先生に何か囁《ささや》いてましたよね。あれ、何て言ってたんですか？」

「……『つかの間でも、恋人のために生きろ』と」

そのとき、強い風が吹いた。

風はあさひの黒い髪を、御崎禅の栗色の髪を、桜並木の花びらを一斉に巻き上げた。頭を押さえようと手を上げたあさひは、髪についた花びらがはらはらと落ちてくるのに気づいてびっくりした。御崎禅が手をのばして、あさひの髪から花びらを取ってくれる。あさひはまだ信じられないような気持ちで御崎禅を見上げる。あさひと目を合わせ——御崎禅が、少し照れたような、はにかんだ笑みを浮かべる。

その途端、あさひは胸の中がまた苦しくなるのを感じる。

この笑顔を見る度に切なくなるのだ。どうしようもなく、抱きしめたくなるほど愛《いと》しい気持ちになる。そして思うのだ。

……懐かしい笑みだと。

カタカタと、胸の中で何かが揺れている。あさひはそれを、蓋をして閉じ込めた自分の恋心だとずっと思っていた。でも違う。もっと違うものが、その奥で震えている。胸の中を満たした甘く切ない気持ちが、ついに蓋に手をかけ、開け放つ。

——途端に、頭の中に音楽が流れ出す。

きらびやかなシャンデリア。豪奢《ごうしゃ》なドレスを着て踊る人々。いつまでも終わらない舞踏会を抜け出し、二人だけで夜のバルコニーに出た。

寄り添うように立って、視線を交わした彼は——こんな風に、はにかむような笑みを浮かべる人だった。

夢で何度も見た光景。

——ユリウス、と胸の中でそう呼んだ途端、また愛しさがあふれた。

「……夢を」

胸を満たした想いが今度こそ喉《のど》を駆け上がり、言葉となって唇からこぼれ落ちる。

それは一度始まったらもう止められないことだった。

「夢を、見るんです。何度も」

「……何の夢です？」

「『輪舞曲』の世界の夢を。わたしがルイーズなんです。夢の中では」

朝目を覚ます度に涙を流していた。起きると淡雪のように消えてしまうあの夢は、けれど悲しいばかりではなかった。彼と共に過ごした幸せな時間。人は幸せを感じても、涙を流すものなのだ。

御崎禅が驚いたように目を瞠る。

「まさか……思い出していたんですか？」

「ただの妄想だと思ってたんです。『輪舞曲』が好きすぎるから、勝手に余白を埋めて妄想してたんだって……でも、でもそれなら、わたし、わたしは……」

あさひは両手で頬を押さえた。顔が熱い。たぶん今、自分の顔は真っ赤だろう。恥ずかしくなって、あさひは下を向く。

それでもまだ言葉は止まらない。

「わたしは……先生のことを、好きだと思っていてもいいんでしょうか……？」

好きになってはいけないひとだと思っていたのに。

御崎禅が言った。

「……瀬名さん。僕は本当に、あなたに言うつもりはなかったんです」

「それは、どうして」

「だって、瀬名さんはいずれ人間としての寿命を終えて、また僕の前から消えてしまう人なので」

御崎禅の言葉に、あさひはさっきとは違う痛みを胸に覚える。

そうだ。御崎禅は永遠の時を渡る吸血鬼なのだ。

いずれあさひは年を取り、御崎禅の前から消える。

また彼を一人にしてしまう。

「でも――それでも、もう一度会えて、本当に僕は嬉《うれ》しいんですよ。そして、そんな風に思えるようになったのは、おそらく今のあなたのおかげです」

その言葉に、あさひはもう一度御崎禅を見上げた。

ルイーズが愛した、あのはにかんだ笑みを浮かべた御崎禅を。

ああそうかと、あさひは真相にたどり着いたような気持ちで思う。

御崎禅が「特に今書きたいものが思い浮かばない」と言っていたのは、彼がずっと探していた恋文の相手を見つけてしまったからなのだ。

彼の最大のモチベーションだった望みが叶《かな》ってしまえば、それは確かに書きたいものもわからなくなるだろう。

「先生」

あさひは口を開いた。

「それなら、先生は今、いわゆるハッピーエンドに立っているんでしょうか？」

「そうかもしれませんね」

あさひはうなずいて、

「では、それを小説にしましょうか」

そう言った。

「『輪舞曲』のアンサー的な小説を書いてみるというのはどうですか？　きっと『輪舞曲』ファンは泣いて喜びますよ！」

「やっぱりあなたはどこまでも鬼編集ですね」

御崎禅がいつもの口調で言う。仕方ないじゃないかとあさひは思う。

これが今のあさひなのだ。ルイーズではない、瀬名あさひだ。

そろそろ駅の方に戻りましょう、と御崎禅に言われて、二人でまた歩き始める。

運命の恋人などという話をしたのに、やっぱり前のままの距離感で歩いている自分達がなんだかおかしい。

「瀬名さん」

「はい」

「再会を祝って、キスくらいしてみますか？」

「そ、それは駄目です！　ハードルが高すぎます、まだ！」

「そうですか」

御崎禅が少し残念そうに言う。このひとこんなだったかな、とあさひは思う。だが、思い返してみれば、銀座に映画を観に行ったときに妙にはしゃいでいるように見えたのも、もしかしたらあれは御崎禅なりにデート気分だったのかもしれない。……意外と可愛いひとだよな、と思う。

だがしかし、やはりそんな一足飛びに色々進むのは無理だ。無理すぎる。

「先生。お付き合いは一歩一歩の積み重ねです。先生が普段書かれる小説のように、徐々に徐々に進んでいきましょう！」

「わかりました。では、ゆっくりと進んでいきましょう。――でも、シルヴィアが言った通り、僕の時間は長いですが、共に歩む人と何かをするという観点に立つと、途端に時間は短くなります」

「そ、それはそうかもしれませんが。……あ、えっと、そしたら」

あさひは最大限の譲歩のつもりで、こう言った。

「そしたら……手を、つなぐところから始めましょう」

「いいですね。では、手を」

「はい」

おずおずと差し出した手を、御崎禅がそっと握る。

御崎禅の手は大きくて、そしてあさひの手よりも少し温かい気がした。

ああ、生きている。そう思った。

御崎禅と手をつないで、桜並木の下を歩いていく。まるで『輪舞曲』のラストシーンのように、あさひは今この時が永遠に続けばいいと願う。

「……瀬名さん」

「はい、何でしょう」

手をつないだ御崎禅が足を止めたので、あさひも足を止める。

御崎禅はあさひを見下ろし、そして――愛の告白の代わりのように、こう言った。

「やっぱり――抱きしめても、いいですか？」

【extra】夜明けに出会う

――この世は思いのほか奇跡に満ちているのだと、彼女は言った。

愛しい君よ。

人ならぬこの身にも、はたして奇跡とやらは降りてきてくれるものなのだろうか。

……君との繋《つな》がりを断たれても、なお。


この国に来て、「御崎禅」という名で呼ばれるようになってから、かれこれ百年以上の時が流れた。

かつてあれほど憎んだ『時』は、いまやこの身の周りを川のように流れ過ぎていくだけのものとなった。

川の中には様々なものが浮き沈みしている。

取り立てて気に留めるほどにも思えないもの、触りたくもないようなおぞましいもの、目新しくはあるがさほど魅《ひ》かれもしないもの、かつて見た何かに似たまがいもの。

それは人であり、物であり、時代だ。眺めている間に、いつしか流れ去って姿を消してしまう。

それでも時折は、きらきらと輝いてこの目を引きつけるものに出会うこともあった。拾い上げていつまでも抱えていたいと思うようなものも、あったと思う。

けれど川は、そういうものまで全てこの手の中から取り上げ、押し流していく。流れからはじき出されたお前が手を出していいものではないというように。

そんな風に百年過ごせば、気持ちもやさぐれてくるというものだ。

「――んもう、禅はどうしてそうなのかしらねえ」

そう言ったのは、自分などよりはるかに長い時を生きているという狐だ。

この国には人ならざる存在が多く暮らしている。時の流れの外に住まう彼らの中には、友と呼べるものも多少はいた。

「もっと楽しく生きてごらんなさいよー、アタシを見習ってね！　禅も何か商売を始めたらどう？　商売はいいわよー、お金は稼げるし、頭は使うし、忙しければ気もまぎれるでしょ。何より、毎日やることがあるっていうのはいいものよ。アタシ達みたいに長く生きるものなら、なおさらね。そうよ、仕事をなさい」

「仕事ならしていますよ。警察の手伝いをね」

そう答えたら、狐はとても嫌そうな顔をした。

「そういうのじゃなくて、自分でしたいと思ってやる仕事よ。あっ、そうだわ、なんならアタシの商売を手伝う？　なんならアタシと所帯持っちゃう？　うふん、禅ならアタシ、大・歓・迎！　愛してるわ禅！」

狐は享楽的な生き物だが、勤勉だ。

実に楽しげに人のふりをして、人にまぎれて生きている。狐にとっては、流れていく時でさえ、新たな出会いを自分に運んできてくれる味方らしい。

時の流れを読み、その時代に合わせて、狐は商売を変えていく。出会った頃は百貨店に洋物雑貨を卸していた。近頃は飲食業が多い。数年前に吉祥寺に開いた和カフェ『たから』は、よく繁盛している。

小夜さんに出会ったのも、狐が結んでくれた縁だ。

「禅。こちらの小夜さんはね、今は出版社に憑《つ》いてるんですって。ねえ禅、あなた、人だった頃は詩人だったんでしょう？　近頃の流行《はや》りは詩や戯曲よりも小説よね。どうかしら、小夜さんのところで本でも出してみたら？」

文章を綴《つづ》るのは——好きだった。

幾度生まれ変わっても、それだけは変わらないようだった。

小さな子供の姿をした小夜さんは、黒い目でこちらを見上げて言った。

「誰かに伝えたい想いがあるなら、書いて持っておいで。それを本にしてくれる人間を紹介する」

どうやら小夜さんは、狐からこちらの事情を聞いていたらしい。

あるいは見透かされていたのだろうか。

「本は、たくさんの人の手に届く。読んだ人の心に届く。届けよう、禅」

そう言って、なぜだか小夜さんは金平糖《こんぺいとう》をくれた。


……この国では、結ばれるべき相手とは『運命の赤い糸』とやらで繋がっているというらしい。

目には見えぬ糸なのに、なぜ赤いとされるのかについては、また何か謂《いわ》れがあるようだ。が、ともかく、運命の恋人とは、左手の小指同士を糸で結ばれているという。

そんな赤い糸など見たことはないが、以前は確かにこの魂は彼女と繋がっていた。

漠然とではあったけれど、どこかにいるとわかっていたし、出会えば一目でわかった。

それこそ糸をたどるようにして、自分達はめぐり会いを繰り返していた。

けれど、糸は断たれた。

断ったのは自分だ。人の身を捨て、彼女と違う生き物になった時点で、この魂はどこかが変質したのだろう。

もはや糸の先には何もない。手繰り寄せたところで、ふっつりと切れて垂れ下がった糸の先が見えるだけだ。

彼女は――今、一体どうしているのだろう。

一方的に断たれた繋がりを、彼女はどう思っているのだろう。それでもまだ自分を探してくれているのだろうか。切れた糸の先に何もないことがわかっていてもなお、奇跡を信じて。

以前の生では、自分達は、相手のために手がかりを残した。

手紙。詩。向こうからは、楽譜。歌。

共に過ごした日々を思い出させるに足る何かを残し、相手へのメッセージとした。それらは、糸をたどる助けとなった。

もう一度――やってみようか。

たとえ糸は断たれても、ここに自分はいると伝えてみようか。

小夜さんが言ったように、それはいつか彼女の心にも届くかもしれない。そして、切れた糸の代わりに自分が書いた本をたどって、見つけ出してくれるかもしれない。

小夜さんが紹介してくれたのは、大橋という名前の人間だった。

「御崎先生！　いただいた小説読みましたよ、あれ、いいですね！　本にしましょう、タイトルは『輪舞曲《ロンド》』のままでいいんですね？」

俺が必ず届けますよと、大橋はそう言った。

けれど、人生はままならない。……吸血鬼となった自分には、もう『人』生という言い方はふさわしくないのかもしれないが。

一冊、二冊、三冊、書きましょうと大橋が言う度に、小説を書いて世に出した。四冊、五冊、六冊、そして幾つかの短編。あなたは書くべきひとです、と大橋は言うけれど、書いたものはどうやら彼女に届かなかったらしい。

七冊、八冊、九冊、徐々に心が擦り切れていくのを感じた。

いや、まだわからない。この世には多くの本があるのだ。たった一冊の本に彼女がめぐり会う可能性がどれだけあるというのだろう。

十冊、十一冊、十二冊、とうとうそのことに気づいてしまったのは、いつのことだっただろう。

——こんなことをしても無駄ではないか。

もはや自分には、目の前に彼女が立ったところで、わからないというのに。

その瞬間、みるみる心が冷えていくのがわかった。

そんなわけで、大橋から担当編集が代替わりするという話が来た頃には、すっかり自分はやさぐれきっていた。

「まだ入社して二年の若い編集なんですけどね、まあこれ以上の適任はいないだろうって、小夜さんと意見が一致したんで！　とりあえず明日《あした》連れて行きますんで、よろしくお願いします」

電話の向こうで大橋はそう言った。

誰が来たところで適任なんてことがあるものかという気分で通話を切ったら、話が漏れ聞こえていたらしい夏樹が興味津々に尋ねてきた。

「え、なに、担当替わんの？　しかも若いんだ？　へー、いい奴だといいな！」

林原夏樹は、その前の年に異捜の刑事になった男だ。

前任者と違って、夏樹は随分と馴《な》れ馴れしい人間だった。吸血鬼というものが怖くないらしい。用もないのにこの家のリビングに常に入り浸り、まるで友達のような顔で話しかけてくる。

「なあなあ、何時に来るの新しい担当。俺も顔見たい」

「刑事が編集者に会ってどうするんですか」

「そりゃあお前、『御崎のことをよろしくお願いします』って頼むに決まってんだろ。『不愛想なふつつかものですが悪い奴じゃあないんですよ』って」

「馬鹿ですか。夏樹に言われる筋合いはありません。――ああ、夏樹は馬鹿でしたね、知ってました、今更言うまでもないことでしたね」

「馬鹿って言うな馬鹿って！　馬鹿って言う奴が馬鹿なんだぞー」

「ああ、すみません、他に呼称する言葉がなかったもので、つい。ああいえ、そんなことはありませんね、とんまとか間抜けとか阿呆《あほう》とか、他にもたくさんありましたね。この国の言葉はなかなかバリエーションに富んでいていいですね」

「……あのな御崎、今のノリで明日来る新しい担当の子と話すなよ。泣かすぞ」

「別にかまいませんよ。泣いた時点で帰ってもらいます」

新しい担当が来たところで、もう自分は小説を書く気などないのだ。


――そう思っていたのに。


『お……おっ、おせ、お世話になっております、きっきき希央社の瀬名でしっ！』

新しい担当とやらは、初めてかけてきた電話でいきなり嚙《か》んだ。滅茶苦茶《めちゃくちゃ》嚙んだ。

なんだか面白い生き物だなと思いはしたが、仕事できなそうだな、と思ったのも事実だ。空回りするだけのタイプと話すのは疲れる。

マンションまでやってきた新しい担当は、若い女性だった。

彼女は興奮した目でこちらを見て、やたらと気合の入った声で言った。

「せ、瀬名あさひです、どうぞよろしくお願いいたします！」

ああそうか、この人は「あさひ」という名前なのかと思った。

それはまた、吸血鬼相手に随分と皮肉な名前を持っていることだ。

自分は、吸血鬼になったその日からずっと、明けない夜の中で暮らしているというのに。

……話したくないな、と思った。

昨日夏樹と話したように、泣かせてでも追い払ってやろうかと。……今振り返ると、この頃の自分は本当にやさぐれていたなと思う。さすがに女性相手にとっていい態度ではなかったと、後で少し反省した。

けれど彼女は、泣きそうになりながらも必死にこちらに食らいついてきた。

しかも、映画ネタを振りかざして。

映画は、今の自分の唯一の趣味と言っていいものだった。

映画はいい。夜の中でしか生きられない自分に、空の青さを思い出させてくれた。朝陽《あさひ》の眩《まぶ》しさ、夕陽の赤さ、木漏れ日の白さ。もう二度と見られぬと思っていた陽の光を、この目に見せてくれた。

好きな映画を一つ挙げろというこちらの質問に、彼女は百点どころか五百点くらいの出来栄えの回答を返してきた。

……ああ、まあ、これなら話し相手として悪くない。そう思った。

けれど、彼女は編集者としても大変熱心な人間だった。一つ短編を仕上げて渡したら、次は長編を書けと迫ってきた。

だが、書きたいネタなどもう思い浮かばない。

異捜の仕事が次々来ることを理由に断ろうと思ったのに――彼女は、異捜の捜査に同行してまで、自分に小説を書かせようとした。

彼女が自分の作品の熱烈なファンであることは、すぐにわかった。熱のこもった瞳《ひとみ》をきらきらと輝かせ、一生懸命話す様は、好感が持てた。

でも、この頃の自分は本当に――どうしようもなく、疲れていて。

吸血鬼などという存在になったことを、心底後悔していた頃で。

……吸血鬼というのは、ある意味、人間よりも希死念慮というものに囚《とら》われやすいものだと、シルヴィアが言っていた。

その通りだった。いっそ死んで、この呪われた生を捨てて、もう一度人として生まれ直した方がいいのではないかと思っていた。そうしたら、再び彼女の魂と繋《つな》がれるのではないかと考えていた。

そして、ちょうどいい機会が訪れて、自分は夜明けの光にこの身をさらそうとした。

もう長らく見ていない朝陽を最後に拝んで死ぬのも悪くないと、そう思った。

けれど、朝陽を見たいと伝えたら、瀬名さんが叫んだ。

「映画を観れば、朝陽も夕陽も見られます！」

……それは確かにそうだなとは思ったが、今言うことだろうかとも思った。

さすがは映画オタクだ。こういうときに出るのも映画の話なんだなと、妙な感心もした。

瀬名さんは、続けてこう叫んだ。

大好きだった人とはこの先絶対出会えるのだから、死んではいけないと。

それ自体はとても安っぽい、ありふれた言葉だったけれど――でも。

「考えてみても下さいよ、映画の中で毎回あれだけの奇跡が起きてるんですよ！　だったら、物語を地で行く先生に奇跡が起きないわけないじゃないですかあ！」

その瞬間、もう長らく忘れていた彼女の声が、耳によみがえった。

――大丈夫。この世は思いのほか奇跡に満ちているものよ。

あの頼もしい笑みを思い出し……それに比べて、今自分の背中にへばりついてべそべそと泣いている彼女ときたらどうだろうか。

全く違うけれども、しかしこれはこれで愛《いと》しくもおかしいものだなと思った瞬間、なんだか全身の力が抜けた。

……瀬名、あさひさん。

本当に面白い人だと、このとき思った。

瀬名さんは不思議なほどに自己肯定感の低い人で、自分自身をまったくもって平凡でつまらない人間だと思っているようだった。

が、自分から見たら、だいぶ愉快な人だった。

確かに空回りしがちなところはあったし、頓珍漢《とんちんかん》なこともよく言ったけれど、こちらの意表を突くような発言をするのが面白かった。何でもかんでも原稿に結びつけて考えるのは、熱心な編集者だからなのか、それとも読者としての立場からなのか。

小説を書けと、瀬名さんは言う。

書きたいネタがないのだと返したら、じゃあ一緒に考えましょうと言って、様々な話をしてくる。くるくると変わる表情や、素直で一生懸命な様子を見ていると、心の底の涸《か》れ切った泉に何かが湧き上がってくるのを感じた。

彼女は、川のように流れていく時の中でまれに出会う、この目を引きつける光る小石だった。見ていると心を動かされる、素敵だと素直に思えるもの。

ああ、まだ自分は小説を書けるのかもしれない。

湧き上がるイメージのままに幾つか文章を綴《つづ》ってみたら——思いのほか楽しかった。

そう思ったら、万年筆を持つ手が止まらなくなった。

けれど、しばらく書いていなかったせいもあって、なかなか作品としてまとめるのは難しそうだった。断片的にばらばらと浮かぶ言葉やシーンを、どうやって物語に落とし込めばいいのだろう。

悩んでいたら、眠るのを忘れてすっかり寝不足になった。

そうしたら、瀬名さんに見抜かれた。

「先生、寝不足ですか？　もしかして昨夜あの後、寝ないでプロット考えてくれてたりしたんですか？　無理はしないでくださいね」

そう言われてしまうと、寝ずにプロットを考えていましたとは答えられなくなった。素直にプロット作成中だと申告したりした日には、すぐに見せろと言われてしまうに決まっている。そんなことができるわけもない。瀬名さんは自分の作品のファンなのだ。いくら担当とはいえ、あまり見苦しい舞台裏は見せたくない。……まあ、結局、ルーナにばらされることにはなったけれど。

小説を書けと、瀬名さんは言う。

書いた小説は、きっと次こそ運命の彼女に届くはずだと――彼女がそう思っているらしいことはわかった。

応援してくれるのはありがたいが、会ってももはや見分けもつかない彼女のために、自分はどんな物語を語ればいいのだろう。

彼女を一人にしてしまったのはこの自分なのに、今更何を語ればいいのか。

考えに考え抜いた末に……もう忘れてくれてもかまわないのだと、そう伝えることにした。

きっと自分達は、もう二度と出会えない。それなら、もう探さなくていい。僕のことなど忘れてくれてかまわない。

そう決めて書き始めた小説の中には、物語を見守る立場の人間として、瀬名さんをモデルにした人物が登場することになった。

小説を書いている最中に、アメリカから人狼《じんろう》が渡ってきた。

戦わざるをえない状況なのはわかっていた。戦えば命を落とすかもしれないことも。

これが、自分の書く最後の小説なのかもしれない。

そう思いながら小説を書き上げた翌日――夏樹が人狼に襲われた。

どうあっても、あの人狼は自分を殺したいんだなと思った。

かまわない。瀬名さんが書けと言った小説は、もう書き終えた。

もう悔いはない。御崎禅という物語を終わりにしても、相手をしてやろうと思った。

どうにか人狼を倒した自分に、瀬名さんが駆け寄ってきたときには、心底山路を呪った。確かに保護を頼んだはずなのに、あの男は一体何をしているのか。

自分は血を失いすぎていた。放っておいてもらえたなら、あのまま死ねたはずだった。もうろくに動けもしない体は、いくら生存本能が暴走したところで、手の届く範囲に獲物がいない限りは誰を襲うこともできずに果てたはず。

それなのに——彼女が来てしまった。甘い生き血の匂いを漂わせて。

あの瞬間の絶望といったらなかった。

瀬名さんを襲いたくなかった。

彼女の前で、ただの化け物になりたくなかった。

傷つけたくなかった。

ああ、それなのに。

そのとき彼女が発した言葉といえば。

「原稿、読みました」

……この人は何を言い出すんだろう、と一瞬唖然《あぜん》とした。

はたしてそれは、死にかかった吸血鬼を前にして言うことだろうか。どこまで鬼編集なのだろう。

彼女は、読んだ原稿の内容を褒めちぎり、そのうえで、悲しすぎたと所感を述べた。

そして、御崎禅という物語を終わらせはしないと、そう言った。

まだまだ御崎禅という物語は続けなければいけないと語る彼女は、どうしようもなく強くて、その名の通り、どんな絶望の闇も打ち払う夜明けの光のように頼もしくも輝かしく、そしてそんな彼女を愛しいと思った。

自分の血を吸えと、彼女は言った。

どうあっても、死なせてはくれないらしい。

やがて限界が訪れた。逆らいようもなく、吸血鬼の本能が身を支配し――意識を奪い取った。

次に気がついたとき、自分の腕の中には、意識を失った彼女がいた。

首筋にできた噛《か》み痕《あと》を見るまでもなかった。死にかかっていたはずの体は力を取り戻しつつあったし、口の中には彼女の血の味がした。欲しいだけ貪《むさぼ》り尽くした彼女の甘く温かい血液は、その魂の情報と共にこの身に深く浸透していっていた。

その魂の形に、自分は確かに覚えがあった。

愛しい彼女。

もう二度と会えぬはずだったルイーズ。

たとえ今の彼女が覚えていなくても――魂は全てを記憶している。

ああ、と思わず声が漏れた。涙があふれた。

血を流す彼女をかき抱き、その体に鼓動が残っていることを神に感謝した。神の名を口にするのなんて、いつ以来だっただろう。殺してしまわなくて本当に良かった。

人ならぬこの身にも、奇跡というものは起こるのだと知った。

彼女は何も覚えていない。

彼女にとって『輪舞曲』は、ただの物語だ。自分自身の話ではない。

これまでは、いつもどこかの時点で彼女は前世の記憶を取り戻していたようだったけれど——魂の繋《つな》がりが断たれたことが原因だろうか。それとも、この先いつか思い出すのだろうか。

別に思い出さなくてもかまわない。

むしろ、思い出さないままでいてほしかった。

だって、優しい彼女は、いずれきっと時の残酷さに心を痛めることになるだろう。

彼女は人の身だ。吸血鬼の自分と違って、いずれ年を取り死んでしまう。

覚えているのは自分だけでいい。

たぶん自分は彼女に、愛していると伝えることもないだろう。

もう一度会えた。それだけで、自分は幸せだ。

あとは時という川の流れが彼女を押し流してしまうまで、共にいることができればそれでいい。

人狼事件が終わって、彼女と会う前に、やることが一つあった。

夜の屋上に立ち、床に置いた金属バケツを見下ろす。

傍らのルーナが、本当にやるのかという目でこちらを見上げてきた。

「やってください。お願いします」

そう頼むと、ルーナはこくんとうなずき、手にしたチャッカマンの火を、バケツの中に放り込んだ原稿用紙に近づけた。

キャンドルのような大きさで紙の端に灯《とも》った炎は、すぐに原稿用紙全体へと広がり、そこに書かれた文字を、物語を燃やし尽くしていく。風が吹き、炎はさらに大きく燃え上がった。真っ黒な燃え滓《かす》が煙と共に舞い上がり、空の彼方《かなた》へ消えていく。書籍一冊分の原稿用紙はなかなか燃え甲斐《がい》があったようで、バケツの中は炎で一杯だ。暗い屋上が明るくなるほどに、火が大きくなる。まるでキャンプファイヤーみたいだ。

瀬名さんが悲しすぎたと言った物語は、燃やすことに決めていたのだ。

……瀬名さんは怒るだろうか。

でも、この物語は、もう世に出す必要がないのだ。

自分の運命の恋人は、ついに見つかったのだから。

瀬名さんはきっと、小説を書けとまた言うことだろう。

次に綴《つづ》るべき物語がどんな話なのかは、今の自分には想像もつかない。これまでずっと失われた恋人に向かって小説を書いてきたから、今目の前にいる彼女に向けて何を書けばいいのかわからない。

でも、それは——彼女と話し合って決めればいいのかもしれない。

愛《いと》しい彼女は、今や自分の鬼編集なのだから。

炎が燃える。本当は街中でこういうものを燃やしてはいけないのだろうなと思いつつ、でもちょっとすっきりした気分になっている自分がいる。大きく明るく燃え盛る炎が、屋上の夜闇を照らす。

それはまるで、長い夜の果てに訪れた夜明けの光にも似て見えた。

本書は書き下ろしです。
この作品はフィクションです。実在の人物、団体等とは一切関係ありません。

憧《あこが》れの作家《さっか》は人間《にんげん》じゃありませんでした4

澤村御影《さわむらみかげ》

令和5年 4月25日 初版発行

発行者●山下直久

発行●株式会社KADOKAWA
〒102-8177 東京都千代田区富士見2-13-3
電話 0570-002-301（ナビダイヤル）

角川文庫 23629

印刷所●株式会社暁印刷
製本所●本間製本株式会社

表紙画●和田三造

●お問い合わせ
https://www.kadokawa.co.jp/（「お問い合わせ」へお進みください）
※内容によっては、お答えできない場合があります。
※サポートは日本国内のみとさせていただきます。
※Japanese text only

ISBN 978-4-04-112950-0 C0193

◇◇◇